中国古典诗词精品赏读

李清照

赵晓辉 编著

五洲传播出版社

图书在版编目（CIP）数据

中国古典诗词精品赏读丛书. 李清照 / 赵晓辉著. -- 北京：五洲传播出版社，2023.1

ISBN 978-7-5085-4969-9

Ⅰ. ①中… Ⅱ. ①赵… Ⅲ. ①李清照（1084- 约 1151）－古典诗歌－诗歌欣赏 Ⅳ. ① I207.2

中国版本图书馆 CIP 数据核字(2022)第 227176 号

编　　著：赵晓辉
图片编审：迟乃义
责任编辑：黄金敏
装帧设计：宁成春

中国古典诗词精品赏读丛书

李清照

出版发行：五洲传播出版社
地　　址：北京市海淀区北三环中路 31 号生产力大楼 B 座 6 层
邮　　编：100088
发行电话：010-82005927　010-82007837
网　　址：http://www.cicc.org.cn　http://www.thatsbooks.com
印　　刷：北京市房山腾龙印刷厂
版　　次：2023 年 1 月第 1 版第 1 次印刷
开　　本：720×965 mm　1/16
印　　张：8
字　　数：60 千字
定　　价：56.00 元

编者的话

中国在历史上是一个“诗歌的国度”，古典诗词是中国传统文化的奇葩。早在三千年前，我们的祖先就创作出了以“诗三百”为代表的优秀诗篇；此后每个历史年代，诗歌创作都结出丰硕的成果，其中不少名篇名句，脍炙人口，传诵至今。这套“中国古典诗词精品赏读”书系，选取了历史上最具代表性的诗人、词人的优秀作品，并加以详尽通俗的译注、评解，试图由此将古代中国人创造的最可珍贵的文化瑰宝介绍给当代海内外读者。

以“国风”为代表的《诗经》和以《离骚》为代表的楚辞，无论在思想内容还是在艺术手法上，都对中国后世诗坛产生了深远影响。中国诗歌至唐代达到高峰，呈现出后人所称誉的“盛唐气象”和“少年精神”；而从李白、杜甫等诗人身上，从他们留下的诗歌中，不难看出“风”“骚”以来优秀传统的回响。他们都有强烈的现实关怀，关注国家、社会、民众等问题；而这种主题，往往是诗人通过自己的人生境遇和心灵历程去感悟，通过描绘自然界山川万物、人间世事民情来体现的。在唐诗的辉煌之后发展起来的宋代诗歌，成就也相当高，但最能表现此年代文学特殊成就的是词。宋代优秀的词家把这种长短句诗体运用到出神入化的地步，那或慷慨激昂、或委婉凄清的词作，今天读来仍有强烈的艺术感染力。可以说，唐诗宋词是中国文学史上最有神采的篇章。本书系首先介绍的八位诗人，唐代的李白、杜甫、王维、白居易、李商隐，宋代的苏轼、李清照、辛弃疾，是中国诗歌史上耀眼的星座。

中国古典诗词注重抒情、写景，善于表现友情、亲情、爱情、乡情，以及其他各种复杂细微的个人情感。这形成中国诗歌又一个强大的传统。在儒家思想影响下，中国诗歌几乎从一开始就具有“发乎情，止乎礼义”的特点，情感的表达比较克制、内敛、含蓄，有别于西方的诗歌风格。与此同时，中国诗人们又强调“含不尽之意见于言外”，善于通过各种艺术手法传达言外之意，给读者以无穷的回味、想象空间。古代诗词中的优秀之作往往写得深情婉转，富于形象性和音乐性，诵读这些诗词，可以受到多层次的艺术感染和美的熏陶。古典诗词还善于表现自然之美及人与自然的融合，古人常说“诗中有画，画中有诗”。本书系中的每首作品，都配以当代画家根据诗词意境绘制的中国画。通过欣赏这些诗、画，可以更深刻地领悟到中国古代艺术作品中的诗情画意，品味其艺术之美。

除了“诗情画意”的特色外，本书系以各位诗人、词人单独成册，以更清楚地展示其不同的个性和艺术风格；各分册包括诗人小传与作品赏析两部分。对每篇作品的赏析，又分为题解、句解、评解三个章节：题解交代创作背景；句解用现代语文对诗词进行逐句意译，对某些难懂的字词作注释；评解部分则提要钩玄，对作品特色进行点评。我们的本意，首先是帮助读者减少阅读中的文字障碍，继而是理解诗词的思想内容、艺术特色和写作技巧。

中国古代经典诗篇把汉语升华到至美至纯的境界，足以使每个中国人感到自豪。这些作品是联接所有炎黄子孙思想、情感的文化纽带，无论身在国内，还是身在海外，优秀的诗歌对读者的感召力都是相通的。一个喜爱祖国传统文化的人，可能会不断地接触和学习祖先的这些遗产。久而久之，这些优秀文化中的一部分会积淀下来，构成每个人头脑中一道美丽的艺术长廊，不断给人以教益、激励和艺术享受。我们期望，本书系所介绍的诗词名篇能够成为这道艺术长廊的组成部分。

本书系所介绍的八位诗人，都各有很多传世名篇，限于篇幅，书中每人只选取了二三十首代表作品。限于编辑水平，书中会有种种不尽人意之处，敬请读者朋友提出宝贵意见。

目 录

李清照简介

关于李清照直接而可信的记载，少之又少，甚至连她的原籍、生卒年等资料，也都欠缺。不过，对于原籍，现在基本上已达成共识，为北宋齐州章丘绣江（今山东济南章丘明水）。至于生卒年，虽有争论，大致可认定为生于宋神宗元丰七年（1084），卒于宋高宗绍兴二十五年（1155）。

李清照之父李格非，进士出身，在朝为官，地位不算低，是学者兼文学家，曾以文章受知于苏轼，为“苏门后四学士”之一。母王氏，相家女，也知书善文。官宦门第及政治活动的濡染，让李清照见多识广，眼界开阔；而诗书之家使她从小就受到文学艺术的熏陶，又让她能更深切细微地感知生活，体验美感。她才思敏捷，博闻强记，工书能文，兼通音律，“自少年便有诗名，才力华赡，逼近前辈”。（王灼《碧鸡漫志》卷二）

李清照的生活和创作经历大致可以建炎元年（1127）为界分为前后两个时期。

大约在十五六岁时，李清照由原籍来到汴京（今河南开封）。建中靖国元年（1101），十八岁时，与吏部侍郎赵挺之幼子赵明诚结婚。明诚时年二十一岁，在太学读书。赵家家世显赫。赵明诚的祖父赵元卿平生酷爱金石刻，对幼年的赵明诚影响很深，后来他对金石亦有相当研究，所著《金石录》三十卷，考据精确，颇为当时所推重，与欧阳修《集古录》并称。

婚后，清照夫妇二人志趣相投，诗词酬唱之余，共同收集、校勘金石书画。北宋时的汴京，在大相国寺中设有“瓦市”，每月定期举行，市场上百物罗列，人来人往，热闹异常。据记载，每逢初一、十五，明诚便告假前往，每遇中意的名画古董，便倾囊购置，有时甚至将衣物典押出去，间或捎些果品小吃，归来后与清照共同品玩。

据《宋史·李格非传》，李格非博学多才，廉洁奉公，是一位俊迈出众的人物。但在北宋末年新旧党争中，因站在苏轼一边而被诬为“元祐奸党”，相继被外放、罢官，卒于故里。崇宁二年（1103），朝廷下诏禁止元祐党人子弟居京，李清照可能因此别夫回原籍。至崇宁五年春，朝廷解除党人之禁，李清照才得以回京。

婚后不久，赵明诚开始出仕，曾任鸿胪少卿。大观元年（1107），其父赵挺之被罢去相位，不久病死京都。死后三天，蔡京又大兴陷狱，命开封府逮捕赵挺之在京的家属亲戚，诬陷赵挺之为元祐党人，后来终因查无实据，这场风波才算平息。赵挺之死后，赵家随即也遭受了政治上的灾祸，赵明诚弟兄可能即因此而失官。本不喜混迹官场的明诚，便与李清照离京屏居青州（今属山东）乡里。

青州故第生活好似世外桃源。晋陶渊明曾写《归去来兮辞》，抒写自己对于仕宦生涯的厌弃和归隐田园的乐趣，其中有“审容膝之易安”，意谓归隐后即使住在仅能容身的简陋小屋里也非常舒适，易于安身。夫妇二人取渊明之意，为书房取名“归来堂”，称清照内室为“易安室”。清照亦自号“易安居士”。

清照夫妇屏居乡里的时间长达十年以上，一直着意于收藏整理文物。他们将这些书画碑文，分类归册，每获一书，即共同勘校，整集签题，不仅正其伪谬，还品评高下。为了收集整理金石文物，他们生活俭朴，节衣缩食，“食去重肉，衣去重采，首无明珠翡翠之饰，室无涂金刺绣之具”（《金石录后序》）。清照夫妇在整理古籍之余，也常饮酒赏花，吟诗作对，生活充实而富有情趣。清照曾这样描述道：“余性偶强记，每饭罢，坐归来堂，烹茶，指堆积书史，言某事在某书某卷第几页第几行，以中否角胜负，为饮茶先后。中即举杯大笑，至茶倾覆怀中，反不得饮而起，甘心老是乡矣。”

李清照三十一岁生日那天，明诚为她的一张画像题辞道：“清丽其词，端庄其品，归去来兮，真堪偕隐。”这十六个字，可以说是明诚对清照学识人品恰如其分的评价。十年时间，在清照和明诚的共同努力下，他们收集整理的金石刻辞达两千种之多，收藏之富，远近闻名。这段时间可谓清照一生中的黄金时代，也是这对学者夫妇最幸福的十年。此时李清照的笔下一无悲苦之作。

宣和三年（1121），赵明诚重新出仕，出守莱州（今属山东）。东莱三年，虽然公务繁忙，应酬渐多，但清照夫妇几乎把所有业余时间和精力都用在《金石录》的研究撰写上。

莱州任满后，明诚改守淄州（今山东淄博），又授直秘阁。赵明诚的出仕，给夫妻琴瑟相合、宁静淡雅的美满生活注入了一些离别相思的况味，李清照笔下一首首优美动人的相思怨别之作即由此产生。《一剪梅》、《醉花阴》、《凤凰台上忆吹箫》等都是这一时期的佳作。不过，他们别离的时间并不长，往往是明诚赴任不久，清照便跟随前往，因而她这期间吟诵的离别相思之作多是哀而不伤，即便苦涩也带着清透明朗，虽然叹息但不失轻盈美好。

清照也许从来没有想到，真正的苦难还在后面。靖康元年(1126)，金兵攻克汴京。次年三月，金军大肆搜掠后，驱掳徽、钦二帝和宗室、后妃、教坊乐工、技艺工匠等数千人，携文籍舆图、宝器法物等北返，北宋亡，史称“靖康之变”。五月，钦宗之弟赵构即位，改元建炎，史称南宋。

汴京失陷消息传来，夫妇俩急忙赶赴青州，急欲转移十几年苦心经营的书画金石。岂料祸不单行，赵明诚远在金陵（今南京）的母亲亡故，赵赶紧南下奔丧。原来打算大批运送南方的器物，只好去其沉重累赘者，从简而行。明诚载书籍物品十五车，匆匆乘船南下。

建炎元年（1127）八月，赵明诚被南宋朝廷任命为江宁（今南京）知府。这年秋天，青州兵变，兵荒马乱中，清照慌忙中只携带得一件蔡襄书写的神妙帖逃出了青州城。建炎二年（1128）正月，金兵南下，攻陷青州，一把战火，将清照夫妇数十年心血、十余间屋的收藏统统化为灰烬。清照怀着国破家亡之痛南下逃亡，历经劫难，总算逃到丈夫身边。此期，她极关心国家命运和当时的政治形势，写有“南来尚怯吴江冷，北狩应知易水寒”、“南渡衣冠少王导，北来消息欠刘琨”等诗句，表达了对于南宋朝廷苟且偷安的极大不满。

初到南方，她尚有雪天顶笠寻诗的雅兴，但这短暂的宁静很快又被打破。

建炎三年（1129）二月，赵明诚被改任为湖州知府。当时任命刚下，他还未动身赴任，不料城内发生兵变，叛军夜半鼓噪而出。身为地方长官的赵明诚没有身先士卒指挥戡乱，而是偷偷缒城逃走。事定之后，赵明诚被罢官。他带上从青州第一次捎出的十五车金石书画，直上芜湖，准备由芜湖再转去江西赣水。

五月，明诚和清照刚到池阳（今安徽贵池），朝廷又命明诚知任湖州（今浙江吴兴)。皇命甚急，赵明诚冒暑奔赴行在建康（今南京）领旨，辛劳过度，到建康后随即病倒，又因用药不慎，病势转危。清照闻讯，急急赶去，等赶到建康，他已病入膏肓。明诚自知病危难回，八月十八日，写下遗诗，绝笔而终。清照悲痛欲绝，含泪作祭。恩爱夫妻，伉俪情深，从此永诀。

明诚死后，清照大病。岂知家痛未了，国难又至，金朝又兴兵南下，建康形势危在旦夕。九月，金兵攻陷山东莱州、密州，十二月又攻陷洪州，清照托妹夫捎往洪州的二万二千卷书籍画册，全部云烟散尽。

洪州失陷，道路不通。在清照病体难支、无处投奔的时候，竟有人欲置清照于死地，谣传她有通敌之嫌。明诚病重期间，有名为张飞卿者，曾携一玉壶来请他鉴别，并想持此卖得高价。当时明诚指出它实珉非玉，退还其人。谁知此事竟被人造谣说是他们夫妻以玉壶投献金人，贿赂通敌。这使得李清照大为惊惶，她于是决定将家中所有的铜器等物品进献朝廷，以求得洗刷和解脱。

建炎三年（1129）十月，金军打到了长江沿岸，宋军的沿江防线很快崩溃，金兵一路烧杀掳掠，直奔杭州而来。这时的南宋小朝廷，惶惶如丧家之犬，宋高宗带着一班臣僚逃难而去。就在这烽火连天、兵荒马乱的日子里，清照紧随高宗逃亡的路线，辗转追随。赵构一行经越州（今绍兴)、明州、奉化、宁海、台州，一路逃下去，一直漂泊到海上，又过海到温州。李清照一孤寡妇人眼巴巴地追寻着国君远去的方向，自己雇船、求人、投亲靠友，苦苦地坚持着。此间书画器皿，或被人乘乱劫去，或在兵乱中散佚丢失，只剩十之三四，清照纵然心中万分疼惜，但亦无可奈何。最后总算在章安赶上御舟，找到弟弟李迒。她先是随弟弟到衢州，第二年春，局势进一步稳定了，才又返回越州。这一年（1131）宋高宗改元绍兴。

到越州后，清照寄居在当地一户姓钟的人家。此时她已把所有的铜器投交朝廷，自己只留了几竹簏书画砚墨等物，而这仅存的什物竟被盗贼偷走大半，清照发觉后悲痛欲绝。

绍兴二年（1132）正月，高宗返回杭州，暂时定都于此，改称临安。清照这时也来到了临安。刚刚喘下一口气，她又所遇非人，遭遇感情生活的痛苦。这一年，清照嫁与张汝舟。这个张汝舟，初一接触也是个彬彬有礼的君子，但结婚之后很快就露出原形，原来他是巧言骗婚，想占有李清照身边尚存的文物。这些东西清照视之如命。当张汝舟的要求不被满足时，便百般折磨，欲置她于死地。

清照视人格比生命更珍贵，决定摆脱这小人。但在封建社会女人要离婚谈何容易，无奈之中，李清照走上一条绝路，告发张汝舟的欺君之罪。原来，张汝舟曾将自己科举考试作弊过关的事拿来夸耀。这当然是大逆不道。李清照知道，只有将张汝舟告倒治罪，自己才能脱离这张罗网。但依宋朝法律，女人告丈夫，无论对错输赢，都要坐牢两年。这场官司的结果是张汝舟被发配到柳州，李清照也随之入狱。幸好负责审理此案的兵部侍郎翰林学士綦崇礼敬重清照的人格，并与赵家有亲姻关系，经他营救，清照被拘押九天就放了出来。

在古代，一个女人，特别是像清照这样的读书女人的再婚又离婚，势必引起社会舆论的极大歧视。在当时和事后一些记载李清照的史书中，都是一面肯定她的才华，同时又无不以“不终晚节”、“无检操”、“晚节流荡无归”记之。关于李清照再嫁之事，历来有争论，至今学者仍有不同看法，但从已有的资料来看，不少宋人都记载了清照改嫁一事，当属可靠。

绍兴三年（1132），赵明诚的二哥赵思诚试中书舍人来到杭州。清照多一亲戚相依傍，生活较为安定，心情也渐趋平静。她开始整理明诚的《金石录》，并为之作序。

数年之内，连遭不幸，清照承受着巨大的精神重负，孤独一身，各地漂泊，境况极其悲惨。此时，她已完全从位高名重的名门闺秀，沦落成与流民为伍的闾里妇人。

关于李清照晚年的生活情况，缺乏资料记载，但我们相信，随着时局的稳定，她的生活也渐趋平静。以后的几十年中，她基本上一直居住在临安。虽然不能获知更多的情况，但从她的词中，我们感受到了一种超越时空的孤独。除了遭遇国难、情愁，就连想实现一个普通人的价值，竟也是这样的难。渐入暮年的李清照无儿无女，守着一孤清的小院落，身边没有一个亲人，国事已难问，家事怕再提，只有秋风扫着黄叶在门前盘旋，偶尔和一些诗朋画侣来往。她像一叶孤舟在风浪中无助地飘摇。随着亲朋相继离世，生活更加孤单，加之年老多病，无人照管，其心境之凄凉可想而知。

大约是绍兴二十五年（1155）或之后，李清照悄然离世，享年当不少于七十二岁。

清照才华卓著，诗词文赋，各擅胜场。流传至今的诗有十多首，收入《全宋词》中的词共四十八首，数量虽然不多，但几乎每首都是精品。其中最能代表李清照的文学成就，并确定她在中国文学史上重要地位的是词。

清照之词，多以吟唱爱情、人生为主。她早年爱情的幸福与离愁、后期的不幸与憔悴孤独，都体现在词作中。她的词风，前期轻盈委婉；南渡后，一变而为沉重哀伤。清照词深具含蓄婉转、轻灵细柔的女性之美。王国维在《人间词话》中说："词之为体，要眇宜修，能言诗之所不能言，而不能尽诗之所言，诗之境阔，词之言长。"大意是说，词具有柔婉轻灵、韵味悠长的抒情特性。清照身为女性，天性所近。宋词中不乏相思怨别之作，但多半是男性词人的单恋或代拟女性相思，而清照之词则是以女性的敏感细腻来表现女性的内心情感世界，格外真切动人。

清照擅长从景物和日常起居环境、行动细节中选择表达情思的意象，往往用简练平常、生活化的语言精确地传达复杂微妙的情感流程。她善于将清新朴素与精美雅洁的风格相结合，语言口语化又有精心洗炼之功，既曲达情思，又巧合音律。无论是口语，还是书面语，一经她提炼熔铸，就显得别开生面，风韵天然，创作出一种清空如话、纯洁无滓的佳词。

清照词的特殊魅力就在于它一如作者的人品，于怨艾缠绵之中有执著坚韧的阳刚之气，虽为说愁，实为写真情大志，所以才耐得人百年千年地读下去。郑振铎在《中国文学史》中评价说："她是独创一格的，她是独立于一群词人之中的。她不受别的词人的什么影响，别的词人也似乎受不到她的影响。她是太高绝一时了，庸才作家是绝不能追得上的。无数的词人诗人，写着无数的离情闺怨的诗词；他们一大半是代女主人翁立言的，这一切的诗词，在清照之前，直如粪土似的无可评价。"暂且不论其他诗人词人如何，李清照的确是不愧为婉约词宗的。

如梦令

尝记溪亭日暮，沉醉不知归路。

兴尽晚回舟，误入藕花深处。

争渡，争渡，惊起一滩鸥鹭。

【题解】

“如梦令”作为词调，原名《忆仙姿》。苏轼《如梦令》(水垢何曾相受)一词注云：“此曲本唐庄宗制，名《忆仙姿》，嫌其名不雅，故改为《如梦令》。盖庄宗作此词，卒章云‘如梦，如梦，和泪出门相送’，因取以为名。”

现存李清照《如梦令》词有两首。这是一篇追忆旧游之作，记述了词人的一个生活片断。此词风趣横生，富有少女情韵，推测为词人的早年之作。那时，她家境优越，生活优裕，无忧无虑。

如梦令（尝记溪亭日暮） 词意图　谢志高 绘

句解

尝记溪亭日暮，沉醉不知归路

“尝记”，就是曾经记得，表明这是事情发生很久后的追忆。“溪亭”，有人认为是地名，有人说就是溪边的亭阁。词人清楚地记得，当年的某一天，在溪亭那个地方，时近黄昏，远山近水、树木亭台、游人归鸟，一切的一切，都沐浴在金色的斜阳余晖中；就在这融融暖意中，自己有些醉了，到了不知回家的路的程度。

一个女孩子，可以荡舟出游，而且还能饮酒赏景，性情确实与众不同。而那个让她尽情忘我的地方，景致也应该不错。词人虽没有具体写出，但“日暮”一词很自然地让人想到夕阳无限好。“沉醉”则更是浓缩了很多内容，美好的景色、美妙的感受、愉悦的心情不言自明。它包含着两方面意思：一是说词人率真活泼，无拘无束，兴之所至，饮酒酣乐，陶醉于自我的纵情张扬中；一是说她迷恋于自然美景，为之陶醉。

从词人的许多作品可看出，她有点任性，喜欢喝酒，而且往往喝醉。在生活舒适如意的时候，她视饮酒为一种乐趣；在离愁别苦之际，她借酒消愁。这里，她是兴致勃勃、游兴盎然的，她要在这愉快的游玩中尽情享受。“不知归路”同样有着两层意思：一是词人对迷人的景色流连忘返，没有想到要回去；二是真的有些醉了，以致连回去的路都记不清了。

兴尽晚回舟，误入藕花深处

度过了一天欢乐时光，天色已经很晚，该回家了。词人一行却迷了路。船儿越划越远，路越来越不对，竟然驶入了荷花深处。“兴尽”，言其溪亭之游，是那样的快意，感觉没有什么不满足的。“深处”一词，有很多的内容，既显示水面之大，又可见荷花之多，更说明迷路之远，归舟之急。

争渡，争渡，惊起一滩鸥鹭

眼看夜色越来越重，自己还在荷花丛中打转，不免有些着急，于是奋力挥桨，紧赶着划出去。结果，一番折腾惊动了沙滩上栖息的水鸟，它们扑楞着翅膀，惊飞四散。“鸥鹭”，并非实指，而是泛指水鸟。这一句极富情趣。本来万籁俱寂而又空阔的水面，因一叶慌张的小舟而打破了宁静。此时，人是慌乱的，鸟也是慌乱的；人惊飞了鸟，反过来，鸟又让人一惊。这一情景颇有些喜剧效果，当时未必觉得欣喜有趣，事后回想起来，总是让人不禁会心一笑，终生难忘。

这一句连用两个短促的“争渡”，当然有词牌的要求，但同时也更加突出了焦急的情态。关于“争”字，有的注家释作“怎”，虽可通，但和上下文的联系不够紧凑，也不大形象生动。而“争渡”，有抢渡的意思，既显示了心理的急切，又见出奋力的动作。只有这种举动才易引起后文的“惊起”，要是犹豫不决地在那里思考“怎渡”，是不容易“惊起一滩鸥鹭”的。

评解

这首词描述了词人年轻时的一个生活片断，其情真，其兴逸，带着真趣和野味。以游兴开始，中经溪亭沉醉，急切回舟，误入藕花，最后惊起鸥鹭，动作和情绪起伏变化，富于节奏感，最后一切又都统一在美妙的自然境界中。词人善于从各个角度抓住生活片断的一瞬间，运用白描的手法，寥寥几笔，便将瞬时的神情、瞬时的动作、瞬时的音容、瞬时的景色，绘声绘色地勾勒出来，构成一幅极有情趣的生活画面。

全词不事雕琢，得自然之趣。叙事写景交织成文，语言明白如话，让人百读不厌，回味不尽。从总体风格上来说，李清照的词属于婉约派，但这首词景象开阔，情辞酣畅，颇有豪放气，在古人的一些版本中，竟被说成是苏轼、吕洞宾等人的手笔。故有评家说：“易安倜傥，有丈夫气，乃闺阁中之苏(轼)、辛(弃疾)，非秦(观)、柳(永)也。”(沈曾植《菌阁琐谈》)

点绛唇

蹴罢秋千，起来慵整纤纤手。
露浓花瘦，薄汗轻衣透。

见有人来，袜刬金钗溜，和羞走。
倚门回首，却把青梅嗅。

【题解】

此词描写一个少女打秋千后活泼、顽皮的形象。清照少女时，很可能有此生活。不过也有人认为不是她的作品。但从语言、风格等看，这首词与清照早期的其它作品十分近似，所以更多人认为是她所作。

点绛唇（蹴罢秋千） 词意图　谢志高 绘

句解

蹴罢秋千，起来慵整纤纤手

“蹴”，踏、踩，是说用脚蹬地，使人前后荡起来。词人没有描绘荡秋千时的情景，却让人想到这样的画面：少女紧抓绳索，脚不时蹬地，罗衣轻扬，轻盈似燕；荡得高时，不时发出惊喜的叫声。待到停下来时，头发有些乱了，鞋子有些脏了，衣裳也有些皱了，本该收拾整理一下；但因为刚才玩得尽兴，忘了疲倦，两手有些酸麻，也就懒得动弹，完全一副娇弱慵懒的样子。这就是“慵整”的含义。“纤纤手”，语出《古诗十九首》：“娥娥红粉妆，纤纤出素手”，在形容双手细嫩柔美的同时，点出人物的年纪和身份。

露浓花瘦，薄汗轻衣透

“露浓”，表明时间是早晨。“花瘦”，指花儿柔嫩。结合全词来看，此时应该是春末初夏。清晨的花园里，露水很多，娇嫩的花朵上，凝结、滚动着一颗颗晶莹的露珠。这样的早晨应该说还略有些凉意，可是由于荡秋千时用力，少女的额上渗出了点点汗珠，轻薄的衣衫也湿透了。“轻衣”，大概是绸罗之类的衣裳。

这一句不仅巧妙地交待了荡秋千的地点、时间和季节，而且还生动地描绘出了清晨花园里的景色。它与上一句构成词的上片，以静写动，以花衬人，生动形象地勾勒出少女荡完秋千后的神态。

见有人来，袜刬金钗溜，和羞走

因为有些倦意，就任由头发蓬松；被汗浸湿的衣衫也任其贴着苗条的腰身；为了更放松，少女甚至连鞋也脱了。本想在这清静的花园里，一边闲散地稍事休息，一边欣赏“露浓花瘦”的景色。可她发现突然有人来了，心里着了慌，一时手足无措，竟然只穿着袜子就满含娇羞地小跑而去，也不管头上的金钗掉落下来了。

“袜刬”，指来不及穿鞋子、仅仅穿着袜子走路。“金钗溜”，是说头发松散，金钗下滑坠地。“和羞”，含羞的意思。“走”，即小步跑。这一场景非常真实、生动，又极富生活情趣。不仅进一步写出少女一任自然、娇倦自适的情态，也把她仓促间的羞怯情态，以及躲避来人时的狼狈样子描绘得活灵活现。

倚门回首，却把青梅嗅

少女虽然避得仓惶，却没有照常理立即躲到屋里去，而是在园门口停下来。

好奇的她，靠在门边，回头看去；可是又不好意思正面看，于是拉过一枝青梅来，装作嗅嗅。这时的青梅，是没有味的，她只是借此掩饰一下，以便偷偷地看人几眼：到底来的是什么人呢？

词的下片以动作写心理。几个动作层次分明、曲折多变，把少女惊诧、惶遽、含羞、好奇的心理活动，栩栩如生地刻画出来。

评解

词中描绘出来的少女形象，很招人喜爱，这样的词还是很少的。清照少女时，居历城家中，父亲是个学者，藏书很多，母亲极富文学修养。天资聪慧的她，可能受唐人韩偓《偶见》诗的启发而作此词。当然，这也可说是她实际生活中的一个片断。

韩偓在《偶见》诗中写道："秋千打困解罗裙，指点醍醐酒一樽。见客入来和笑走，手搓梅子映中门。"诗意是说一位少女刚打秋千回来，疲倦了，就在家里把衣裳松开，并让人给她拿杯乳酒来解渴。可正在这时，有客人来了，于是她一边不好意思地笑着，一边赶紧溜走，只在中门那儿留下手搓梅子的身影。

相比之下，"和笑走"略显轻薄，"和羞走"则现娇羞；"手搓梅子"表现了不安，"却把青梅嗅"描画出矫饰之态；"映中门"似旁若无人，而"倚门"则有所期待，加以"回首"一笔，少女窥人之态如在眼前。

清照在《词论》中主张"铺叙"，即主张有情节。这首词正是这样。词中一层一层地描绘出一个天真活泼、好奇敏感而又矜持的少女形象，使人既见外表情态，又见内心世界，并深受其情绪感染。

小 重 山

春到长门春草青，江梅些子破，未开匀。
碧云笼碾玉成尘，留晓梦，惊破一瓯春。

花影压重门，疏帘铺淡月，好黄昏。
二年三度负东君。
归来也，著意过今春。

【题 解】

《小重山》，又名《柳色新》等，多写春景春情。

这首词的写作背景，有不同的说法。一说，此词是清照得知丈夫将要回家时所作。李清照十八岁时嫁赵明诚，二十岁时赵出外任官，二十二岁时明诚授鸿胪少卿，回京师，中间整二年。一说，崇宁二年（1103），朝廷下诏禁止元祐党人子弟居京，李清照因此别夫回原籍。至崇宁五年春，朝廷解除党人之禁，李清照得以回京。

小重山（春到长门春草青） 词意图　萧惠珠 绘

句解

春到长门春草青，江梅些子破，未开匀

“长门”，即长门宫，原是汉代的离宫。据《文选》司马相如《长门赋序》，汉武帝时陈皇后曾经深得皇帝宠爱，后来被冷落了，就住在长门宫里。女主人公孤处家中，就如陈皇后独处长门，但现在她并不感到凄清寂寞。看哪，春天来了，门前小草青青，是多么地富有生气！那些江梅，有少许已经绽开，更多的还含苞待放，没开得均匀。“些子”，即少许，一点儿。

梅是早春的标志，虽然只是初绽，却让人感觉到春天的来临。青草、梅花，两相映衬，色调尤其显得鲜明。这一句充满了生活气息和春天的活力，词人并不是单纯在写景，而是寄托着欣喜、期待之情。

碧云笼碾玉成尘，留晓梦，惊破一瓯春

景色是那样的美好，心情也不错，女主人公取出青绿的团茶，放到茶具内，细细地碾。团茶一点一点变成碎末，就像碧玉化作了尘。在煮茶的短暂空闲中，她回忆起拂晓时所作的梦。不知不觉中，一壶茶滚开了，她才恍然惊醒。“碧云”，指青绿色的团茶。宋人将茶制成茶饼，饮用时须碾成细末，然后煮饮。“笼”，即茶笼，贮茶之具。“一瓯春”，可指好的酒，也可指好的茶，这里指茶。

我们知道，平淡的梦是不容易给人留下印象的。那么，女主人公梦到了什么？是少女时代无忧无虑的欢乐？是婚后夫妇间倾心爱慕、诗酒赠和的温馨？是与远别的夫君相会？词中没有明说，但既然叫人回味，让人陶醉，应该是好梦。

花影压重门，疏帘铺淡月，好黄昏

天刚黄昏，月儿即来与人作伴。院子里种了许多花木，明月照来，花影摇曳多姿，掩映着多重屋门，别有风趣。淡淡的月光，铺在稀疏的帘子上，一切都是那样幽美而恬静。女主人公留连在花前月下，空气中飘来缕缕幽香。她不禁心花怒放，好一个黄昏！

词人淡淡几笔，就勾画出一幅生动的黄昏图景。这里浓淡相间，光色相映，色泽极其清晰明丽。“压”字很有分量，体现了花影之多，同时赋予花以意志。“铺”字也很有功力，不仅写出月华如水，而且很好地表现了淡而轻的特质。“花影压重门，疏帘铺淡月”是词史上公认的名句，《疏帘淡月》后来还成为词牌名。

二年三度负东君

春光也罢，黄昏也好，如此良辰美景，一人独对，终究有些落寞。想起夫妇分别的那年，没能一起赏春；第二年，依然人各一方；今年春天刚到，两人还没团聚呢。春光是那样迷人，即使一年一度辜负了它，也非常可惜，何况是“二年三度”！难道一个人就不能赏春吗？只因为夫妇别离，让人黯然伤神，没了心情。“东君”，指太阳神，日出东方，故名。这里指春神。

归来也，著意过今春

对这一句的理解有不同看法。是谁归来？是词人自己，还是她丈夫？是在呼唤，还是因得知归来消息而感叹？不管怎样，夫妻俩就要团聚了，今年可要尽情地享受春天的快乐。既然曾经无可奈何地辜负过春光，现在一定要用心好好度过。在这里，词人毫不掩饰地表白自己盼望丈夫相聚的心情，情真意切，溢于字词。“著意”，即着意，也就是用心用意，尽情尽意。

评解

词的上片由门前春色写起，落笔到回味不尽的春思春梦。下片，词人变换笔法，由蕴藉寄情到直抒胸臆，由日间明丽的红梅青草，转到渲染静夜的月色花影，着力于幽雅宁静的意境创造。因为主人公心情愉悦，便觉得早晨好，黄昏也好，春草美，淡月也美。词人在表达对春天的喜爱和珍惜中，抒发了盼望夫妻团聚共度美好时光的真挚感情。

这首词写景如画，意境淡远，以口头语写眼前景、心中情，只于淡笔素描中略加点染，便将朝暮之间如梦如痴的心绪，浓缩在不到六十字的短小篇幅之中。写景、叙事、抒情水乳交融，写得曲尽情致，耐人寻味，有自然隽永之趣，足见李清照在抒情词创作上词心的灵锐及其驾驭语言的功力。

如梦令

昨夜雨疏风骤，浓睡不消残酒。
试问卷帘人，却道海棠依旧。
知否，知否？应是绿肥红瘦。

【题解】

这是词人前期的作品，表达了惜花伤感的情怀。过去好些选本都加有词题，如“春晚”、“暮春”、“春容”、“春景”、“春晓”等，但都没能完全反映词的原意。

如梦令（昨夜雨疏风骤）词意图　谢志高 绘

句解

昨夜雨疏风骤，浓睡不消残酒

大概是在一个暮春的夜晚，雨疏疏落落，似乎不大，但风吹得很急。不知什么原因，主人公喝了酒，而且可能喝得不少。带着醉意，她一夜睡得很沉，清早醒来时，酒意还没全消呢。

也有人解释说，当此芳春，名花正好，偏那风雨就来逼迫了，心绪如潮，不得入睡，只有借酒消愁。酒喝得多了，觉也睡得浓了。结果一觉醒来，天已大亮。

开头淡淡的两句，不仅点染了环境气氛，写出了人物情态与复杂的内心活动，同时也自然地引出下文。

试问卷帘人，却道海棠依旧

“卷帘人”，指侍女。尽管因酒醉而浓睡，但“昨夜雨疏风骤”的景象，仍然历历在目，让她有些不安。所以一早醒来，便向侍女询问。究竟问些什么？没有写出来，只有侍女的回答：海棠还是原来那样。词人只写“答”，而“问”已自见。这样的艺术处理，颇见功力，既精简了文字，适应小令词篇幅短小的要求，也使文章显得奇特不凡。

这短短两句，把主、仆二人的内心、性格与情态写得十分传神。一个“试问”，显出女主人问得那么关切、那么认真，一种怜花惜香、惴惴不安的情态，跃然纸上。而侍女也许是因为年幼，也许根本无意关心花事，自然很难体贴女主人那份婉曲的心事。一个“却道”，显示出侍女信口便答的情态，也表明女主人的不满。“夜来风雨声，花落知多少”，在女主人看来，海棠是不可能“依旧”的。真是问者有心，答者无意。一个是爱花惜春，心绪不宁；一个是烂漫无知，漫不经心。两相映衬，便把心境各异的主、仆二人的形象绘声绘色地展现出来。

知否，知否？应是绿肥红瘦

这口气非常急促，其中有纠正，有责备，也有感伤。她还没亲自察看花情，凭着自己的经验，就急切地说：你知道吗？你知道吗？海棠不是依旧，应该是绿叶多，红花稀少了。“绿”，指叶；“红”，指花。因为雨的滋润，叶子显得更加茂盛肥嫩，而花却禁不起一夜的风雨，必然凋零了不少。词人采用拟人化的修辞手法，用“肥”、“瘦”来描摹风雨后叶与花的不同形貌和意态，既生动逼真，又十分富于形象美。“绿肥红瘦”是历来为人称道的名句，王士禛《花草蒙拾》云；“人工天巧，可称绝唱。”

“知否”两个短句的叠用，自然是词牌所定，但词家一向认为此词要安顿二叠语最难，卓人月《古今词统》认为，他人的叠语“便不浑成”，惟有李清照“口气宛然”。

评解

这首小令篇幅不长，却含意深永、委婉含蓄、曲折动人。全词字面上并没有写惜花伤感之事，但又处处渗透着这种感情。主、仆二人的对话，更是波澜起伏、极尽传神之妙，深得词家好评。明蒋一葵说：“当时文士莫不击节称赏，未有能道之者。”

唐韩偓有一首《懒起》诗，也是写风雨之后的海棠的。韩诗说：“昨夜三更雨，临明一阵寒。海棠花在否？侧卧卷帘看。”正如诗题所说，诗人是侧卧懒起看海棠，神态悠闲，却有些置身事外，不大动情，采取自问自答方式，语言平淡，没有多少韵味。两相比较，清照此词表现得含而不露、凄婉动人，无论是命意遣辞，还是格调情致，都高出不少。

蝶恋花

晚止昌乐馆寄姊妹

泪湿罗衣脂粉满，四叠阳关，唱到千千遍。
人道山长山又断，萧萧微雨闻孤馆。

惜别伤离方寸乱，忘了临行，酒盏深和浅。
好把音书凭过雁，东莱不似蓬莱远。

【题 解】

赵明诚曾出守山东莱州。这首词，旧说认为是清照送赵明诚赴莱州时所作。但近人发现，元人选本《事文类聚翰墨大全》所载词题为《晚止昌乐馆寄姊妹》，这样看来，旧说难以成立。李清照是于宣和三年（1121）八月到莱州去的，昌乐是从青州去莱州的必经之地，这首词当是她从青州去莱州途中住在昌乐县馆驿时所作。词中所写的是她和姐妹临别时难舍难分的情景，以及别后在旅途中的孤寂心情。

蝶恋花（泪湿罗衣脂粉满）词意图 廖松岗 绘

句解

泪湿罗衣脂粉满，四叠阳关，唱到千千遍

这是词人的回忆：与姐妹们分手时，大家泪流满面，泪水不仅打湿了罗衣，还和着脸上的脂粉，弄得衣服上到处都是；虽然送别的《阳关曲》唱了一遍又一遍，但大家仍然是依依难舍，不忍离去。

临别伤感，是常有的事。这一情景则更多地具有女性色彩。“脂粉满”，可见泪流之多，说明悲伤难过的程度。尽管脸上一道道的泪痕，衣服也被弄脏了，但她们全然不顾，这都是真情的自然流露。

临别的话儿不知说了有多少，又化为浅吟低唱。“阳关”，曲调名，唐代王维作有《送元二使安西》一诗：“渭城朝雨邑轻尘，客舍青青柳色新。劝君更尽一杯酒，西出阳关无故人。”后谱乐，成为送别名曲，一般称《阳关三叠》。据苏轼《论三叠歌法》，除第一句外，其他三句均唱两遍，故谓“三叠”，但词人这里说“四叠”，人们或以为是清照弄错了，或以为是她为表现对姐妹的深情而故意多唱一叠。

此词开门见山、直抒胸臆，先是使人感到突兀，继而为之感叹，留恋之情因而显得格外强烈深沉。

人道山长山又断，萧萧微雨闻孤馆

尽管依依不舍，终究还是分手离别了。踏上旅途后，情况又怎样呢?“山长”，是说路途遥远；“山又断”，是说中间多有阻隔。后一个“山”字，有些版本作“水”。古代多用山水喻离情别意。词人的言外之意是说，因为山水阻隔，难于见面了。它和《古诗十九首》中的“道路阻且长，会面安可知”含意相类似，蕴含着词人对姐妹们的深挚情意和思念之情。

与姐妹们分别后，词人犹如孤雁离群。而今身在异乡，寄宿在馆驿中，无言的孤寂缠绕心头。而这时候，天上偏偏又下起了细雨，伴着沉沉的夜色，将人包围着。她百无聊赖地听着，一点一滴似乎都敲在心间，无情地撩拨着离愁别绪。这就更加重了冷凄的气氛，增添了离人的思念之情。

词人很善于选择各种有特征的景物来抒写她的心境。如“孤馆”，并不一定实说馆驿孤远，而是人心之孤；又如“微雨”，其声能闻，既是静寂所致，又是多愁善感所察。从上面的两句，我们似乎看到词人回望来时路的怅惘心情以及听雨落寞的样子。

惜别伤离方寸乱，忘了临行，酒盏深和浅

因为思念深，所以又沉入临别情景的回味：由于惜别伤离，心绪茫然，姐妹们在饯行敬酒时，自己只管一饮而尽，至于那杯中酒是深是浅，都全不知道了。这大概是人在失神意乱时所流露出来的下意识的动作情状。的确，置身其间，感受到的只是浓浓的人情，半杯也好，满杯也罢，不都一样斟满了深情吗？这道出了千万惜别伤离者的情状。

好把音书凭过雁，东莱不似蓬莱远

词人并没有一味地追忆临别伤心事，也没有一味地哀伤，最后嘱咐姐妹说：你们要将音讯让过往的大雁捎来，以慰我心，东莱毕竟不像蓬莱那样遥远。这一句，是词人用以自慰，也用以慰人。愁绪稍开，词情为之一变，给人留下淡淡的快慰。

“东莱”，指莱州。“蓬莱”，海中仙山名。“好把”二字很有分量，表达了词人盼望姐妹来音的殷切心情。“好”，有多多的意思。有些版本，作“若有”，就失去那种含义了。“把”，将。“凭”，托付。

在古典诗词中，写到鸿雁传书的，并不鲜见。据《汉书·苏武传》，汉武帝天汉元年（公元前100），苏武出使匈奴，被长期扣留。后来，汉朝派使者要求匈奴释放苏武，匈奴单于却谎称苏武已死。与苏武一同出使匈奴的常惠秘密地见到了汉使者，告诉苏武并没有死，并让他对单于说：汉天子在上林苑打猎，射到一只鸿雁，雁足上系着一块帛书，上面说苏武在一大泽中。最后，匈奴单于不得不将苏武放归汉朝。这就是雁足传书的故事。后来，鸿雁也就成了邮使的美称。

评解

这首词先写临别悲伤、孤馆寂寞，后忆临别时的纷乱心情，最后期盼姐妹来信，以慰思念情怀。词的开头突然破笔，收篇写意深远，余味深厚。词人以浅近质朴的语言、白描的手法，对具有典型性的一两个情态稍加描绘，便把内心世界真切生动地展现出来。语意深沉，低回婉转，情真意切，感人至深。

凤凰台上忆吹箫

香冷金猊，被翻红浪，起来慵自梳头。
任宝奁尘满，日上帘钩。
生怕离怀别苦，多少事，欲说还休。
新来瘦，非干病酒，不是悲秋。

休休！这回去也，千万遍阳关，也则难留。
念武陵人远，烟锁秦楼。
惟有楼前流水，应念我，终日凝眸。
凝眸处，从今又添，一段新愁。

【题 解】

这首词是李清照离情词中的名作。从其《<金石录>后序》中可知，他们夫妇之间感情极好，志趣投契。总的说来，二人聚多离少，但赵明诚奔走于宦途，二人不免时有别离之苦。即使是一次短暂的分别，也会在多愁善感的词人心中荡起波澜。此词即写于“屏居乡里十年”生活结束，赵明诚重返仕途之际。一说认为是写临别心神，也就是写词人在丈夫远行前夕难以为别的心情，以及对别后孤寂情状的拟想。一说则认为是别离后所作。这里取后说。

凤凰台上忆吹箫（香冷金猊） 词意图　刘旦宅 绘

句解

香冷金猊，被翻红浪，起来慵自梳头

“金猊”，是狮子形状的金属香炉。“香冷”，是其中焚烧的香，因为没有继续添，已经熄灭很久了，屋子里也冷冷清清的。言外之意是说无心添香。“被翻红浪”，是说锦被没有叠，胡乱地堆在床上，恍似卷起层层波浪。起床后，本该梳洗打扮，她却任髻鬟蓬松。古代妇女是很讲究梳妆的，此刻连头也不想梳，其心情不佳，可想而知。

任宝奁尘满，日上帘钩

“奁”，镜匣；“宝奁”，言其精美。由于懒得梳头，所以镜奁也就任它落满灰尘，不想拂拭。“尘满”，说明这种难堪的愁怀，已不止一天，并且有与日俱增之意。“帘钩”，在帘的上部。太阳照到帘钩上，说明时间已不早了。旭日初升，本来是令人精神振奋的景象，可是主人公依然是没情没绪、无精打采。

炉冷却，红被翻，头不梳，奁未拂，日已高，都是以物寄情，说明主人公心烦意乱，一腔愁怀。不过，词人不予明说，而是让读者自己去体会。那么，她究竟所为何事?

生怕离怀别苦，多少事，欲说还休

这两句揭示了主人公的内心活动，是全词的主题所在。原来，她最怕夫妻离别，别后那难以忍受的相思之苦，时常煎熬着自己。本来有许许多多的心事，想要倾诉，可是心扉稍开，又陡然紧闭，话到嘴边，还是忍住了。这种吞吞吐吐、欲言又止的情态，说明女主人公复杂的心绪，在自我克制中，隐藏着许多曲折、苦恼。同时，离情带来的哀愁与痛苦，使自己心乱如麻，实在也不好用语言表达。

新来瘦，非干病酒，不是悲秋

“病酒”，因酒而病。“悲秋”，为秋而悲。女主人公近来消瘦了，但都与这些无关。究竟为什么?这是承上文“生怕离怀别苦”两句的意思而来的，是由于相思之苦，一天重于一天，才使人消瘦了。正如《草堂诗余隽》卷二吴从先眉批说：“非病酒，不悲秋，都为苦别瘦。”

词人不明说，笔法婉转曲折，含蕴有味，余韵不尽。这样写来，不仅使感情显得更加深沉真挚，而且也使词情跌宕生姿，同时还呼应了前文“欲说还休”的情态。

休休！这回去也，千万遍阳关，也则难留

“休休”，是绝望的语气，用叠字加重语气，相当于“罢了，罢了”。“这回去也”，表明与丈夫分离已不止一次。女主人公想极力挽留丈夫，然而行者去意已决，纵使唱上千万遍《阳关》，也难以挽留。“阳关”，即《阳关曲》，唐代以此为送别曲。

念武陵人远，烟锁秦楼

武陵，今湖南常德县。东晋诗人陶渊明《桃花源记》中说，武陵渔人沿桃花溪泛舟，发现世外桃源，出来后想再次寻访，却因迷路终不可行。又，南朝宋刘义庆《幽明录》载，东汉浙江剡县人刘晨、阮肇到天台山采药迷路，被两位仙女邀至家中，结成夫妇，后两人思家求归，别仙女而去。后人常把两则故事加以糅合，称仙境为桃源，称遇仙女的刘、阮为武陵人。词人用此典故，大概是说丈夫远去，不知何日才能回来相见。

有人认为，《桃花源记》中的“武陵人”每每喻指隐居者、居仙境者、居乐土者。本来武陵与天台山，一在湖南，一在浙江，两不相涉。但或者由于《桃花源记》与桃花有关，而桃花在中国文化中常常隐含性的意味，故唐宋诗词中常把刘晨、阮肇共入天台山遇仙女的故事与“武陵人”的故事杂糅在一起，这样“武陵人”就增添了一份性的色彩，从而成为外遇者的代名词。当代学人陈祖美在《李清照评传》中说：“李清照的‘念武陵人远’的寓意，说白了就是担心赵明诚有‘天台’、崔护之遇，也就是类似于今天所说的外遇或‘桃花运’”。聊备一说。

丈夫已离家远去，而自己却孤独地留在烟雾笼罩着的妆楼里，往日两情缱绻、笑语相偎之地，如今却弥漫着愁烟怨雾。一去一留，包含着两地相思，两地愁。“烟锁”，字面上是说烟雾笼罩，暗淡无光，实则是说离情别恨缠绕心间，不得解脱。“秦楼”，相传是春秋时秦穆公的女儿弄玉的凤楼，这里借指主人公的居所。据刘向《列女传》，弄玉同善吹箫的青年萧史结婚，萧史教弄玉吹箫作凤鸣，引来许多凤凰，后夫妻乘凤升天。

惟有楼前流水，应念我，终日凝眸

人已远去，主人公思念不已，常常一个人登上楼，呆呆地凝视着远方。这别后的孤寂、相思的深情，有谁知道呢？恐怕只有那楼前整日为伴的流水了。“凝眸”，就是全神贯注地看。流水本无知无情，与人无关，但词人将其人格化，不明说自己如何痴情，却说流水都对自己怜惜有加。这是寄情于水，借水言情，比平铺直陈远为巧妙深婉。

凝眸处，从今又添，一段新愁

那凝神注视的地方，从今以后，又添上一段新愁。为什么说是“新愁”呢？因为离别之后，其愁与日俱增，无从排遣。以此作结，言已尽而意绵绵，具有不尽之味。

评解

全词以女性特有的含蓄曲折的文笔，抒写深婉细腻的感情。词一开头便写慵懒之情，却不道出原由；分明因离别而憔悴，却又旁敲侧击，只说与病酒、悲秋无关；心中虽有千言万语，却欲说还休；别后种种心迹，也不说出来，只推与流水；对“新瘦”、“新愁”也都不直接说出来。李清照不愧为婉约派大家，深得“婉”字之妙，将自己一腔“离怀别苦”表达得如此深沉含蓄、真切感人。

词的沉挚、曲折、用典，容易导向繁密晦涩。这首词却语言平易，自然流畅，总体上未脱清照“以浅俗之语，发清新之思”的格调。

念奴娇

萧条庭院，又斜风细雨，重门须闭。
宠柳娇花寒食近，种种恼人天气。
险韵诗成，扶头酒醒，别是闲滋味。
征鸿过尽，万千心事难寄。

楼上几日春寒，帘垂四面，玉阑干慵倚。
被冷香消新梦觉，不许愁人不起。
清露晨流，新桐初引，多少游春意。
日高烟敛，更看今日晴未。

【题解】

这首词是李清照前期代表作之一。词的标题因版本不同略有差异，或作“春情”，或作“春思”，或作“春恨”。全词通过描写春天的景物及人物的心情，表达了深沉的离情别绪。

念奴娇（萧条庭院）词意图　萧惠珠 绘

清照夫妇在青州居住了十年之久，生活充实而富有情趣。二人在“归来堂”中猜书、斗茶，花前月下夫妇相从赋诗，共治金石之学，人称赵、李“夫妇擅朋友之胜”，所指主要是这段光景。此后，赵明诚重返仕途，李清照一度独处青州乡下。这首词即作于此时。

句解

萧条庭院，又斜风细雨，重门须闭

“萧条”，是了无意趣的孤寂感觉。丈夫在外做官，自己独处家中，庭院里冷冷清清。又赶上潇潇细雨、微微斜风，更给人黯淡冷瑟之感，于是将一道道的门都关上。这样的环境气氛，无疑加重了词人的烦恼与愁闷。“重门须闭”，道出了人被困住的无奈与寂寞。

宠柳娇花寒食近，种种恼人天气

“宠柳娇花”四字，清丽自然，新颖奇俊，一向受到评论家的称赞。被爱曰“宠”，可爱曰“娇”。柳青了，受人宠；花开了，如少女多娇；寒食近了，该去欣赏花红柳绿。古代以清明前一日或二日为寒食节。这正是春光明媚、游春踏青的好时节。可是老天偏偏不从人愿，又是斜风，又是细雨，不仅让人无法成行，而且让人担心：百花是否应期而放？草木是否如约而青？它们是否柔弱不堪，难禁风雨？这种天气实在令人可恼！

春风春雨，往往给人带来欣慰，因为它们预示着满园春色的来临。杜甫在《春夜喜雨》中说：“好雨知时节，当春乃发生。”对于同一景物，不同的人或者同一个人在不同的心境中，都会有着截然不同的感受。词人之所以说“恼人”，正表明她心绪不佳，因而觉得庭院萧条，斜风细雨可恼。此正所谓“以我观物，故物皆著我之色彩”。

险韵诗成，扶头酒醒，别是闲滋味

这样寂寞冷落的环境、恼人的天气，如何排遣呢？赋诗、饮酒，是文人们惯常的方式，词人也是这么做的。她不但做诗，而且做的是“险韵诗”，即用生疏冷僻、难押的字做韵脚，这得花费更多的心思和时间。她不但喝酒，而且喝的是“扶头酒”。这种酒容易使人醉，可能因人醉后扶头之态而得名。杜牧《醉题五绝》诗曾言：“醉头扶不起，三丈日还高。”贺铸《南乡子》说：“易醉扶头酒，难逢敌手棋。”

词人之所以要写“险韵诗”，无非是想使精神另有寄托；之所以要喝“扶头酒”，无非是想使精神易于麻醉，以求得一时的解脱。然而，诗终究有成时，酒也终究有醒时，诗成酒醒后，她仍然觉得空荡荡的，仍然是排遣无方。所谓“闲滋味”，就是一种百无聊赖、无可奈何的情绪。归根到底，还是由于词人有一件没有说出来的心事。

征鸿过尽，万千心事难寄

“征鸿”，即飞雁。古代传说，鸿雁可以传书。经过以上一番铺叙，这里才把离情别绪正面提出。然而才一提到，便又放过，心爱的人在远方，即使高飞远行的大雁可以传书，又怎能慰解自己的相思之苦、离愁别恨？重重心事，关它不住，遣它不成，寄也无方，最后还是把它埋藏心底。词人那怅惘、复杂的心情真是“多少事，欲说还休”。

楼上几日春寒，帘垂四面，玉阑干慵倚

楼上这几天来春寒很重，四面的帘幕都放了下来；那精美的阑干也懒得去凭依眺望了。“帘垂四面”，是“重门须闭”的进一步发展，既关上重门，又垂下帘幕，则小楼之幽闭，楼中人情怀之索寞，亦不言而喻了。“玉阑干”，是栏杆的美称，言其装饰精美。倚栏是盼望与丈夫相聚，为什么“慵倚”呢？因为不见伊人，令人愁肠欲断。这和万俟咏《昭君怨》的“莫把栏干频倚，一望几重烟水”含意相同，同是写闺妇思夫之苦而不愿倚栏，以免增加内心的痛苦。看似无情，实则情深愁重。

被冷香消新梦觉，不许愁人不起

被子冷了，香炉中的香烧完了，梦也醒了，自己孤零零地躺在床上，离愁别恨在心中侵扰，不由得人不起床。明人李攀龙说：“心事托之新梦，言有寄而情无方，玩之自有意味。”“被冷香消”，丈夫走了，好景不再，只觉得一切都冷冷清清。“不许”两字也颇婉妙，多少无可奈何的情绪包含其中。

清露晨流，新桐初引，多少游春意

清晨，恼人的绵绵风雨已过，晶莹清澈的露珠儿在树叶上、花心里、草尖上聚集着，滚动着。那曾经寂寞萧索的梧桐，好像一下子苏醒过来，开始长出嫩芽。雨后的花草树木生意盎然，到处都是万物欣欣向荣的清新景象。这样的大好春光，令人神往不已，生出多少游春赏景之意。

从这里到篇终，总算有了春的气息，词人的心情似乎开朗了些，不过仍然含有辛酸滋味。春色虽然惹人，毕竟一人独对，在那“多少游春意”的语气中，

无疑是带有点勉强的味道。“清露晨流，新桐初引”两句，是从刘义庆《世说新语·赏誉》中引用而来，但用得非常贴切，颇得词家好评。

日高烟敛，更看今日晴未

词人似乎被这久违的春色迷住了，站在那里凝神静观。只见太阳徐徐高升，清晨的烟雾慢慢消散，阳光不时透过云层，洒满清新的庭院。但是，她还想拭目以待，要看看今天是不是真的晴起来。话说得委婉含蓄而耐人寻味，天气分明已经转晴，却仍有些不安，实际上是她的心情还没有真正灿烂起来。结尾更有不尽之意：不晴怎样，晴又怎样？她是要去游春，还是依旧庭院独坐？她的离愁别恨是减轻些了，还是依旧那么沉重？

评解

这首词写词人在春日里的寂寞心绪、对丈夫的深切思念和期盼摆脱凄苦处境的曲婉情怀。词人借日常情态，显示内在心理情绪，时有波澜起伏。其结尾不是就着上文的“愁”一气写完，而是出人意料地调转笔锋，荡出一层新意，使词意忽悲忽喜，乍近乍远，委婉曲折。

这首词在艺术手法上体现了李词一贯的婉约风格，一怀愁绪，尽在半含半吐之中。词人以清新明快的语言，通过对环境气氛的渲染，从极微细处传出自己深微曲折的复杂感情，情真辞切，感人至深。文心之细，人不易学。

醉花阴

薄雾浓云愁永昼，瑞脑销金兽。

佳节又重阳，玉枕纱厨，半夜凉初透。

东篱把酒黄昏后，有暗香盈袖。

莫道不销魂，帘卷西风，人比黄花瘦。

【题解】

这首词是李清照的前期作品，在有的版本中题为《重阳》，或题作《九日》。李清照婚后不久，便与丈夫两地分居。时届重九，思念之情尤其强烈，便写了这首词寄给赵明诚。

醉花阴（薄雾浓云愁永昼） 词意图　刘旦宅 绘

句解

薄雾浓云愁永昼，瑞脑销金兽

“薄雾浓云”，是说天空中雾气蒙蒙、浓云蔽日。这既是写实，又是主人公情绪的写照。她的愁思如云似雾，仿佛自心间弥漫到了空中。在这压抑沉郁的气氛中，她觉得日子是那样的难熬。“永昼”，指白天漫长。时间对于不同的心境，分别具有相对的意义。一般来说，人们在欢乐中总觉得时间流逝太快，在愁苦中则觉得缓慢难挨。主人公呆坐在屋子里，看着香炉里燃烧的瑞脑，似乎借此消磨时光，驱遣愁怀。然而，瑞脑一点一点地消融了，自己的愁思却不绝如缕。“瑞脑”，即龙脑，今名冰片，是一种香料。“金兽”，指铸成兽形的铜香炉。

这里，词人十分巧妙地勾勒出沉闷忧郁的环境，衬托出主人公惆怅苦闷、无可奈何的心情。上句是写客观环境引起人的愁思，下句则写人在愁思中对客观景物的感受。物态人情，两相映衬，使愁越发显得“剪不断，理还乱”。

佳节又重阳，玉枕纱厨，半夜凉初透

这样的离愁别恨，看来已有些时日了，至少应该一年多了吧。“又”字，表明独过佳节已非一回。“每逢佳节倍思亲”，晚上，她简直无法入睡。一个人头靠玉枕，躺在纱厨——避蚊的纱帐中，到半夜时感觉有些凉了。“凉”字很有意味，不仅仅是指气候的凉，更是说主人公内心的孤寂凄凉。这是“永昼”之愁的延续，在夜深人静时变得更深更浓。

以上寥寥数句，把主人公心事重重的愁态描摹出来。她走出室外，天气不好；在室内又闷得慌；白天不好过，黑夜更难挨；坐不住，睡不宁，真是难以将息。

东篱把酒黄昏后，有暗香盈袖

“东篱”，是菊圃的代称，语出陶渊明《饮酒》诗：“采菊东篱下，悠然见南山。”登高、佩茱萸、饮菊酒，是重阳节的习俗。黄昏时分，主人公举杯向菊，似乎颇有闲情逸致，其实心中无限辛酸。离愁是最不好排遣的情绪，黄昏是最难将息的时刻。“把酒黄昏后”，无非是想借酒排遣离愁，聊以驱除由来已久的孤独。

《古诗十九首·庭中有奇树》曰：“攀条折其荣，将以遗所思。馨香盈怀袖，路远莫致之。”讲的是折花赠远以表达怀人之思。重阳是菊花节，当主人公对菊

独酌时，菊花的幽香不时飘来，染满衣袖。只可惜菊花再美再香，也无法送给远方的亲人。“有暗香盈袖”，即隐含着佳节思亲的情绪。

莫道不销魂，帘卷西风，人比黄花瘦

重阳佳节、良辰美景、赏菊饮酒，在外人看来，是颇有些情趣的，主人公的心情应该不错。然而，个中滋味，惟亲历者自知，故说“莫道不销魂”，即不要说我不忧愁痛苦。你看，秋风卷起帘子时，我人比菊花还消瘦！“帘卷西风”，是“西风卷帘”的倒文，指凄清寂寥的深秋景象。“黄花”，即菊花。菊花淡泊清华，是高洁雅士的象征，用以喻人，其人亦自不凡。深秋到了，冷风寒意日甚一日，看菊花在风中摇曳无助的样子，真不免让人怜惜。而人竟比黄花还要瘦，其萧索落寞、愁苦不堪之情可以想见。词人手法含蓄，不直接说破自己的情，而情却愈深。

评解

这首词通过重阳独处、黄昏把酒、对菊黯然等场景，抒写佳节怀人的情思。就题材而言，并无新的开掘，但情感真挚，意象生动，风格含蓄委婉，人谓之“无一字不秀雅”，“令人再三吟咀而有余味”。

据《琅嬛记》记载，李清照写好这首词后，把它寄给丈夫赵明诚，赵看了赞叹不已，也想写出几篇与之媲美，于是谢绝宾客，将自己关在书房里，三天后，共写了五十首。他将李清照的那首混入其中，请朋友陆德夫品评。陆看了又看，最后说“只三句绝佳”，那便是“莫道不销魂，帘卷西风，人比黄花瘦”。这则故事可能是好事者所编，不必当真，不过它说明这首词确实独具魅力，非大家不能作。

添字丑奴儿

窗前谁种芭蕉树，阴满中庭。
阴满中庭，叶叶心心，舒展有余情。

伤心枕上三更雨，点滴霖霪。
点滴霖霪，愁损北人，不惯起来听。

【题 解】

《添字丑奴儿》，一作《添字采桑子》，二者同调异名。

这首词是李清照南渡后所作。词人借写芭蕉，抒发了流落异乡、怀念故土的情怀。

添字丑奴儿（窗前谁种芭蕉树）词意图　谢志高 绘

句解

窗前谁种芭蕉树，阴满中庭

芭蕉原产亚洲东南部和中国南部，高者可达六七米；蕉叶舒展硕大，叶色嫩绿可爱。“扶疏似树，质则非木，高舒垂荫”，是前人对芭蕉的形、质、姿的形象描绘。很多人家喜欢在房前屋后种上几株，炎夏中绿荫如盖，阔朗雅致，给人清新凉爽之感。

大概是在一个夏天吧，正是芭蕉长得最茂盛的时候。词人临窗而望，看见院子里几棵郁郁葱葱的芭蕉树，叶子又长又大，一片浓荫，遮盖了整个院落。看它们高大的样子，想必有些年头了，只不知是谁哪年哪月栽种。

南方的花草树木，对于在北方生长的人来说，是有些新鲜感的。词一开头就写出主人公对南方风物的独特感受，并间接交待了背景。芭蕉树生长在南国，说明这里已不是词人生活的北方。问“谁种”，表明词人不是这个庭院的主人，或是半途购置，或是临时租借。

阴满中庭，叶叶心心，舒展有余情

阔大的蕉叶，似巨掌，似绿扇，一张张，一面面，尽情地伸向空间，遮蔽庭院。这一句将芭蕉叶的神态写活了。“中庭”，即庭中。所谓“阴满中庭”，是夸饰之言。这里用一个叠句，反复吟咏，着重渲染，使人如临庭前，身受绿叶的遮蔽，进而注视到蕉叶的舒卷。“叶叶”、“心心”，两对叠字连用，一是从听觉方面形成应接不暇之感，二是从视觉印象上展示出蕉叶不断舒展的动态。

芭蕉叶子的生长和一般树叶不同，它是在蕉心包卷中慢慢地伸展出来的，一片叶子要经过较长时间才能完全长出来。老叶长成后，幼叶又从蕉心包卷中长出。正因为这样，蕉叶与蕉心之间就显出一种相互依恋的情态，故词人说“舒展有余情”。有的版本作“余清”，意谓蕉叶舒卷，蕉心给人以清凉舒适之感。

“风光虽好非吾有，故国常怀反自烦”。其时，词人正处于动荡不安的生活中，异乡景物固然使她感到新鲜，但更多的恐怕是勾起她的怀乡情怀。

伤心枕上三更雨，点滴霖霪

到了晚上，满怀愁绪，无论如何不能入睡。是什么让她如此伤心？词人没有说。本来就伤心不已，偏偏天又下起雨来，那雨打芭蕉的声音，一直到夜半三更，嘀嘀哒哒，响个不停。这让旅居异地、心事重重的词人，更加心绪不宁。“霖霪”，原指久雨，这里形容雨声不断。

点滴霖霪，愁损北人，不惯起来听

雨声淅淅沥沥，接连不断，无情地敲打着愁人的心扉。她听不惯，睡不着，真愁坏了，于是披衣起床。

“点滴霖霪”，有一种声音的效果，叶叶声声，犹如在耳。它的叠用，更加强化了这种效果。“愁损”，是“愁坏了”的意思。“北人”，是南渡后词人自指。从这一词，我们大概知道词人伤心烦愁的原因。那时清照丈夫已死，她已经历太多痛苦与不幸，眼下正因金兵入侵而流落他乡。她已被国忧乡愁折磨得体弱神伤，而夜雨打在芭蕉上，一滴滴，一声声，似乎更是在提醒，这是寄居的南方。词人将睡不着的原因推加给无辜的芭蕉，这是迁怨于物的写法。事实上，真正使她忧心不寐的，是国难的创痛与深重的乡愁。这正是其“婉约”风格的体现。“北人”，一作“离人”。

评解

词人因见芭蕉而起兴，触景伤怀，抒发了流落异乡、怀念故土之情。这种背井离乡的寂寞凄楚之感，产生于国亡、家破、夫死以后，不同于平常环境中的羁旅离别情绪。可以说，既抒写了词人自己的感受，也道出了时代的心声。

这首词篇幅虽短，意蕴却很深，语言浅近通俗，用笔轻灵而感情凝重，体现出漱玉词语新意隽、顿挫有致的特点。全词以芭蕉、夜雨为背景，写了一天的见闻和感受。上片诉诸视觉，描写白天窗前所见；下片诉诸听觉，刻画深夜枕上所闻。主人公的情感之波，随着时间的推移和景物的变化而起伏动荡。“阴满中庭”和“点滴霖霪”均用叠句，起到了渲染环境气氛、加强艺术效果的作用。词中还运用了双声叠字，形成错落有致的韵律，使作品的意象显得更为生动，富有艺术感染力。

蝶 恋 花

暖雨晴风初破冻，柳眼梅腮，已觉春心动。
酒意诗情谁与共？泪融残粉花钿重。

乍试夹衫金缕缝，山枕斜攲，枕损钗头凤。
独抱浓愁无好梦，夜阑犹剪灯花弄。

【题 解】

此词当作于赵明诚闲居故里十年后重新出仕、李清照仍独自留居青州时。在有的版本中，题作《离情》或《春怀》。

真挚大胆而又曲折委婉地表达伉俪之情，是李清照所长。有评者说，李清照“不向词的广处开拓，却向词的高处求精；她不必从词的传统范围以外去寻新原料，却只把词的范围以内的原料醇化起来，使成更精致的产物”。的确，此词的原料是婉约词家常写的良辰美景和离怀别苦，而经过词人的一番醇化，确实酿出了新意。

蝶恋花（暖雨晴风初破冻） 词意图　萧惠珠 绘

句解

暖雨晴风初破冻，柳眼梅腮，已觉春心动

春天来了，淅淅沥沥的小雨不再像冬日那样寒意逼人，而是让人感觉有了暖意。更多的时候，天气晴朗，春风和煦。沉睡了一冬的大地开始解冻，柳树上长出了新芽，嫩叶又细又长，好似少女含情的眼睛；梅花迎风而开，那粉红色的花瓣，如同美女红润的香腮。这早春的景色，实在让人欣喜陶醉，游春的心情也随之而动。

词人对事物的细微变化是很敏感的。由于春刚到，所以说“初破冻”，即刚刚破除了严寒冰冻，用语新鲜，含蓄有味，不说春来，而春已自见。柳和梅都是初春的代表性景物，“柳眼梅腮”，实际上是概括了万物逢春、欣欣向荣的景象。一般用物喻人，而这里却用人喻物，赋予自然景物以生命和感情，不仅新颖生动，而且给人以美好的想象；仿佛春天就像一位美丽的少女，悄悄地来到人间。

开头几句，既是写景，又暗中写人，笔调轻松欢快，流露出一种春回大地的喜悦之情。

酒意诗情谁与共？泪融残粉花钿重

这样美好的春光，正是游园赏花、饮酒赋诗的好时节，可是，有谁与我相伴，共享春光呢？想想丈夫在家时的快意生活，再看看现在自己独守深闺，落寞孤单，不禁悲从中来，泪流满面。泪水打湿了脂粉，弄得脸上痕迹斑斑，残粉犹存；头上的金花首饰仿佛也要比往日沉重得多。

“谁与共”，其实就是无人与共。“花钿重”，是说主人公因过度伤心而感觉精神不支，同时描绘出粉泪下垂、低头不语的愁人形象。

这一句既写现在，又暗含回忆，在今昔对比的感伤中寄托相思之情。柳永《雨霖铃》中说：“此去经年，应是良辰好景虚设。便纵有千种风情，更与何人说。”二者有异曲同工之妙。

乍试夹衫金缕缝，山枕斜攲，枕损钗头凤

春到人间，天气渐渐暖和，于是脱去冬装，开始试着穿上金线缝成的夹衫。穿倒是穿了，却了无情绪，连妆都没有卸，就懒懒地躺在床上，斜靠在枕上。尽管云鬓蓬松，发髻上的钗头凤也被压坏了，也懒得理会。

这三句写的全是外表动作，但从中可感受到人物的内心活动。夹衫而用“金缕缝”，言其精致名贵。主人公换上春装，暗示已有迎春、探春之意，但谁能同游？情绪刚要扬起，却马上跌落。那迷人的春光，无非只是徒惹一怀春愁。“山枕”，即檀枕，两头隆起，其形如“凹”。“钗头凤”，是一种首饰，因钗头作凤凰形而得名。

独抱浓愁无好梦，夜阑犹剪灯花弄

整日里愁思绵绵，郁郁寡欢，入睡后也没有什么好梦。夜已经很深了，主人公还独自守在灯前，不时地剪着蜡烛，拨弄着灯花。

“独抱浓愁”，突出人的孤独。愁，本来是一种无影无形的情感，看不见，摸不着，但在词人那里，却可以“抱”，具有分量感。不仅让人真切地感受到它的深重，而且被它笼罩住，抛不开、摆不脱。“无好梦”，说得轻巧却耐人寻味，似梦又似非梦，而从下句来看，是未曾入梦的。在这看似轻松的语气中，含有孤寂难眠的深沉苦闷。

“灯花”，是灯芯燃烧时结成的花形，旧时以灯花预兆喜事临门。俗语说：“今夜灯花放，明朝贵客来。”大概主人公也正是这种心情。不过她盼望的并不是什么贵客，而是与自己相亲相爱的丈夫。“夜阑犹剪”，说明主人公一直深夜独坐，灯芯已被剪过多次，正所谓“孤灯挑尽未成眠”。这两句含蓄传神，值得玩味。主人公手弄灯花，比她直接诉说思念亲人的心事，更耐人寻味，更富感染力。

评解

这首词的上片描写初春迷人的景色，以及由此撩拨起的游春怀人之思，委婉细腻地刻画了主人公孤独落寞的心理。下片描写试夹衫、攲山枕、抱浓愁、剪灯花等一连串生活细节，曲折生动地描绘了主人公独处闺房、夜不能寐、孤寂难耐的形象。可以看出，词人善于将无形的内在感情，通过形态动作来表现。

这首词写景之妙，为评家称道。同时，词人独运匠心，以乐景衬哀情，倍增其哀。如：大地回春，看似欣喜，结果是无人与共；初试春装，看似轻松欢快，结果却伤心攲枕；夜弄灯花，似有闲趣，结果是独处难眠，盼望亲人归来。另外，清照词中比喻也很有特色。一般来说，比喻往往是用物比人，但词人常用人比物，并且贴切生动、形神毕现，如“柳眼梅腮”，与“绿肥红瘦”、“宠柳娇花”相并列，可以称得上是“易安奇句”。

鹧鸪天

暗淡轻黄体性柔，情疏迹远只香留。
何须浅碧轻红色，自是花中第一流。

梅定妒，菊应羞，画栏开处冠中秋。
骚人可煞无情思，何事当年不见收。

【题解】

这是一首咏桂词，通篇虽无“桂花”二字，但花香、花色、花性、花品均宛然如见。其旨当是以桂的色淡香浓，隐喻人的内美。

鹧鸪天（暗淡轻黄体性柔）词意图 李鸣泉 绘

句解

暗淡轻黄体性柔，情疏迹远只香留

桂树枝繁叶茂，冬夏常青，以同类为林，间无杂树。秋天开花者为多，芳香四溢。旧时庭园常成对栽植，称“双桂当庭”或“双桂留芳”。

桂花略呈黄色，黄得轻淡柔匀，在绿叶映衬下，似乎有些暗淡。桂花花体轻小，体性温柔，无论生长在僻处山野，还是园林庭院，它们看上去都十分淡雅，一点也不张扬。但是只要桂花一开，就会香飘十里，山野间、院子里、衣袖上……所到之处，一路留香。

唐人咏桂诗曰：“为问山东桂，无人何自芳。”“山中桂树多，应为故人攀。”桂花多生于深山，看上去疏淡清雅，故说“情疏迹远”。可贵的是，不管花色、体性、居处如何，它们都是“只香留”，桂花因此又被称为“九里香”。

词一开头，词人采用惯常的白描手法，写出了桂花的颜色、体质和特性，赋之以娴静、淡雅的情态。显然，这里倾注了词人的情怀。在她看来，花不一定以娇丽鲜艳取胜，疏淡清雅也是一种美；形、色之美固然让人悦目，芳香四溢则更令人赏心。

何须浅碧轻红色，自是花中第一流

百花之中谁更美？可谓仁者见仁、智者见智。“何须”二字，把仅以色美形娇取胜的群花一笔荡开，而推出色淡香浓、迹远品高的桂花。何必要强求浅碧轻红的颜色呢？像桂花那样淡雅而幽香，自然是花中第一流。

词人的审美情趣，渗透着她的思想感情。据记载，李清照才华横溢，自视很高，好“讥弹前辈”，诗才词笔，不让须眉。宋王灼《碧鸡漫志》卷二云：“易安居士……自少年便有诗名，才力华赡，逼近前辈。在士大夫中已不多得。若本朝妇人，当推文采第一。”不知这“花中第一流”，是否包含了词人的自许？

梅定妒，菊应羞，画栏开处冠中秋

在百花之中，梅和菊历来受到人们的称赏，清照也写了不少吟咏之词。但在这里，她将梅、菊与桂花相比。究竟比什么，词人没有说，只是说梅花定会感到嫉妒，菊花应该感到羞愧。这种侧面烘托的写法，比正面描写更为奏效，不仅使词情跌宕多姿，而且使桂花高雅不俗的形象更加深化；同时也很自然地引出下文：在那画栏之处，每逢金秋时节，桂花盛开，清风徐来，香飘数里，桂花真是群芳之冠！“开处”，一作“开岁”。

需要指出的是，词人并不是要贬低她一向喜爱的梅、菊，而是通过桂花的以香取胜，赞赏“内美”的可贵。“画栏”，即画着花纹的栏杆，言其精美，出自李贺《金铜仙人辞汉歌》：“画栏桂树悬秋香，三十六宫土花碧。”“中秋”，这里泛指秋季，并非农历八月十五中秋节。

骚人可煞无情思，何事当年不见收

“可煞”，相当于“可是”。“骚人”，指大诗人屈原。他在《离骚》中，吟及许多香花芳草，以喻君子修身美德。词人很为桂花抱屈：是不是屈原缺少情意或才思，要不当年为什么不把香冠中秋的桂花收进去呢？

有人说，屈原诗中还是有桂花的。其实这并不重要，因为《离骚》不是花谱，屈原是否喜欢桂花，是否吟咏，那是他的事。词人故意设问指责，看似无理，实则是为了更好地抒发对桂花的偏爱之情。这样结尾，既生动风趣，又耐人寻味。

与李清照同时的江西诗人陈与义，也写有一首咏桂词，其中两句说道：“楚人未识孤妍，《离骚》遗恨千年。”其意与清照此两句相同，但韵味迥异，高下立判，因为陈词说得太实，缺少清照词的含蓄、风趣和灵巧。

评解

历来文人学士借咏梅、咏菊来抒写情怀的为数不少，但吟咏桂花的就不多见了。李清照这首词，偏要道出桂花的可称赏之处，誉其为“花中第一流”，自是不同凡响。

一首好的咏物词，既要细致生动地状物，也要有所寄寓，将词人自己的感情、志趣等融进去。既不离于物，又不拘泥于物，水乳交融，方才真切动人；借物言情，形神并似，境界才高。这首词便是一篇咏物佳作。

清照词一向以白描见长，而本篇却以议论入词，托物抒怀，但都离不开形象的描绘。如果没有第一、二句对桂花外形特质的很好描绘，为全词的议论奠定基础，那么，由此生发出来的议论，无论是正面的品评，还是侧面的比衬，或是有趣的质问，都成了无本之木。而议论或发问更不带丝毫的书卷气，故能妙趣横生，令人叹服。

词人在描写桂花的同时，其实也是在写人。王国维在《人间词话》中说：“‘何须浅碧轻红色，自是花中第一流’，易安语也，其词品亦似之。”

蝶恋花

上巳召亲族

永夜恹恹欢意少，空梦长安，认取长安道。
为报今年春色好，花光月影宜相照。

随意杯盘虽草草，酒美梅酸，恰称人怀抱。
醉里插花花莫笑，可怜春似人将老。

【题解】

这首词题为“上巳召亲族”。上巳是三月三日，古人有“修禊”的习俗，即召宴亲友，到水边戏游，临水插花，以驱除不祥，祈求吉利。王羲之《兰亭集序》称：“暮春之初，会于会稽山阴之兰亭，修禊事也。”那时“群贤毕至，少长咸集”，为一时盛会。

蝶恋花（永夜恹恹欢意少） 词意图 廖松岗 绘

宋钦宗靖康二年（1127）四月，北宋灭亡。五月，钦宗之弟赵构即位，改元建炎，史称南宋。建炎二年(1128)，李清照南渡抵达江宁(今江苏南京)，赵明诚时任江宁知府。第二年二月，赵被罢官。八月，赵明诚病逝。此后，在金人渡江南侵的形势下，词人长期处于飘零转徙中，已无心情和条件宴请亲族。因此，这首《蝶恋花》很可能是她南渡之初的作品。

亲友团聚，以相慰安，可这毕竟是在非常时期，词中流露出来的情绪是低沉的。

句解

永夜恹恹欢意少，空梦长安，认取长安道

“永夜”，即长夜。“恹恹”，精神不振的样子。传统的上巳节日，亲友相聚，本该热闹欢乐，但主人公的心情并不轻快。待夜深人静时，更是郁郁寡欢，辗转难眠，只觉得夜是那样的漫长难挨。当她勉强睡着的时候，又梦见了故都汴梁，甚至还在梦中辨认着回京的道路。“长安”，今陕西西安，为汉唐都城，后人多用它代指国都，这里指的是北宋国都汴梁。

清照南渡前，山东青州家已被焚毁，路上又遇盗劫，而国势更不堪问，其心情可想而知。她是多么希望能光复国土，重返家园啊！思深情切，故托之于梦。可是一觉醒来依然身在异地，只是梦中游历而已，故谓“空梦”。在这无望的口气中，暗含着冀望恢复中原而不得的痛苦与失落。

为报今年春色好，花光月影宜相照

主人公空怀家国之思，在长夜漫漫、乡梦沉沉的情形下，只好转而自寻开心，自我安慰。你看，今年的春色很好，百花盛开，绚丽多姿；到晚来，花枝绰约，光影摇曳，与皎洁的月色掩映生辉。如此美景，暂且抛开烦恼，去观花赏月吧，也算不辜负这美好春光。“花光月影”，实则是月光花影的倒文。

随意杯盘虽草草，酒美梅酸，恰称人怀抱

“随意”，是没有特意准备而抱歉的意思。“杯盘”，指酒菜。“草草”是说准备得匆忙，简单，不丰盛。这是作为主妇身份的客气话。尽管只是家常便宴，但酒味醇美，酸梅也不错，正合大家的心意。言下之意是说，亲友相聚，难得开怀，也可暂时让人忘掉忧愁。在这语气中，流露出词人感时伤乱的情绪。

醉里插花花莫笑，可怜春似人将老

上巳日有插花的习俗。欧阳修《洛阳风俗记》：“洛阳之俗，大抵插花，春时城中无贵贱皆插花，虽负担者亦然。”喝了酒，带着些醉意，主人公准备插花，一边说道：花儿啊，你可不要笑话我！似乎是担心醉后不能自持，手脚不便，将花插得东倒西歪。其弦外之音是：你可知道我为什么而醉？“醉里”，一作“醉莫”。

上巳是在暮春之初。景色虽美，可惜转眼即逝，百花也会跟着凋零，这容易勾起人的伤春情怀，于是主人公叹道：唉，可怜那春天啊，也要像人一样，即将老去。这里，透着主人公对前景的担忧，实际上就是忧时伤国。短短两句看似平淡浅显，却含意深刻，耐人寻味。

评解

词人用朴实自然的白描手法，在抑扬顿挫的音韵节奏中，抒发了自己的思乡忧国深情。虽然写的只是生活中的一个小片段，却委婉曲折，含意深微，从一个侧面反映了当时的社会现实。

词人一开头就点出深沉的故国之思，可是马上又把文笔移开，去谈明媚的春色，去说酒宴是否称心。这似乎与主题无关，其实正是婉约之妙。如此写法，不仅使文意层层深入、波澜起伏，而且使词情貌断实连，浑然而成，到最后收笔时，“故园难忘，忧思难断”的婉曲深情，也就表达得更加深沉有力、真挚动人。

鹧鸪天

寒日萧萧上琐窗，梧桐应恨夜来霜。
酒阑更喜团茶苦，梦断偏宜瑞脑香。

秋已尽，日犹长，仲宣怀远更凄凉。
不如随分尊前醉，莫负东篱菊蕊黄。

【题解】

依“仲宣怀远”和“莫负东篱”两句，这首词大概作于清照南渡后不久，时间大约是建炎二年(1128)，那时赵明诚正在江宁任知府。社会乱离，客居异地，词人在词中寄托了家国之思，有着身世飘零的感遇。整首词的感情调子是比较低沉的。

鹧鸪天（寒日萧萧上琐窗） 词意图　马泉 绘

句解

寒日萧萧上琐窗，梧桐应恨夜来霜

“寒日”，是说阳光有些惨淡、冷清。词中所写是秋天，并非冬日。太阳慢慢升高了，一点一点照射到窗上，看上去很明亮，却给人以冷落萧索之感。“萧萧”，一般用来形容风雨，这里是说阳光给人的感觉，就如同萧瑟的秋风一样，有些凄冷。用“萧萧”形容“寒日”，一下子便给深秋的清晨带来迟暮的气氛，也为全词点染了一个色调凄清的背景。“琐窗”，雕刻有连环图案的窗子。从它前面的“上”字来看，太阳光照射到窗上，有一个慢慢移动的过程，说明主人公一直久久地注视着，心绪茫然。“琐”，一作“锁”。

“梧桐”一句，又在凄清中抹上了一层暗淡的色彩。主人公朝窗外望去，曾经茂盛苍翠的梧桐树无言独立，一枝一叶似乎都凝结着愁怨：它们一定是对夜间的寒霜心有恨意吧。梧桐因天气转冷、霜露渐重而开始落叶凋零，但草木无知，本不能恨，词人采用拟人的手法，将自己的感受融入其中。其时，清照遭遇国难，流落他乡，逢秋作客，怎不倍感凄清和愁怨呢？不过，她并不直抒胸臆，而是含而不露，移情入景，借梧桐之恨，传达自己的情绪。

酒阑更喜团茶苦，梦断偏宜瑞脑香

“酒阑”，即酒意将尽。主人公喝完酒后，再喝上几杯团茶，那又浓又苦的滋味正是她所喜好。“团茶”即茶饼，宋代有为进贡而特制的龙团、凤团，印有龙凤纹，最为名贵。茶能解酒，特喜苦茶，说明酒饮得很多。主人公并非酒徒，其所以如此，无非是心情苦闷，借酒排遣。从梦中醒来之后，只觉瑞脑散发出的清香，沁人心脾。“瑞脑”，熏香名，又名龙脑，以龙脑木蒸馏而成。她做的是什么梦？又因何而断？这都留给读者去想象。

这两句叙写主人公在寂寞秋日自遣自慰的情状。“更喜”和“偏宜”两词，表面上写乐，实际上是写悲。酒饮得多，表明愁重。苦茶虽宜解酒，但那只是生理上的。精神上的苦闷，又岂是借酒浇愁、饮茶解醉所能排解？“偏宜”，表面是说香气宜人，实则是说环境的清冷静寂，因为只有在这样的环境中，才能让人更加明显地感觉到熏香的香气。主人公在燃香独坐、默然沉思中，似乎获得了片刻的宁静，但其内心深处，仍是愁云恨雾，挥之不去。这种以闲写愁的笔法，是很耐人寻味的。

秋已尽，日犹长，仲宣怀远更凄凉

秋天已经过完，白天还是那么长，比起仲宣怀念远方家乡，主人公更觉凄凉。夏至以后，白天逐渐变短，到秋尽时，主人公却觉得白天还是那么长。看似无理，实则有因。终日被思念故土的愁苦所煎熬，自然会产生日长难挨、度日如年的感觉。

“仲宣”一句用了王粲的典故。王粲(177－217)，字仲宣，山阳高平（今山东邹县）人，少时即以文才见长，是“建安七子”之一。董卓之乱时，他避乱荆州，依附刘表，但未被重用。在荆州他写了《登楼赋》，抒发壮志未酬、怀乡思归的抑郁心情。此时，词人因“靖康之难”、北宋沦亡而背井离乡，其身世、情怀与仲宣相仿，故借以自况，其思归不得的幽怨之情似乎还要强烈，因此说“更凄凉”。这一典故的容量是很大的，包含了道不尽的身世之感、乱离之苦。

不如随分尊前醉，莫负东篱菊蕊黄

“随分”，随便，含有随遇而安的意思。飘零的命运不知何时才能结束，日思夜想的故土不知何日才能重归，总不能一直凄凉感伤，被无边的愁苦压倒吧。不如端起杯中美酒，随意痛饮，别辜负了东篱盛开的菊花。“东篱”，种菊花的地方，语出陶渊明《饮酒》诗：“采菊东篱下，悠然见南山。”

本来是借酒浇愁，却又故作达观；而表面上的达观，实际隐含着悲愁难遣的家国之思。因此，把酒对菊绝非赏心乐事，而是一种无可奈何的自我排遣。这种自宽自慰的说法，看似轻松，实则含怨。

评解

李清照南渡后，所作之词主调较深沉，内容多为感时伤乱、怀乡念国。这首词写秋景，寄乡愁，是典型的晚期作品。词人起笔写深秋凄凉的景色，移情于物，含悲秋伤时之意；接着写酒后喜茶，梦醒闻香，委婉含蓄，道出孤寂无聊的心境；而后引王粲怀远典故，借古寄怀，发思乡之幽情；结尾自我劝慰，凄婉情深。

这首词和李清照的其他词作一样，不是直抒胸臆，而是委婉含蓄，借景抒情或怀古寄情。全词跌宕有致，如刚写窗外梧桐，忽转向喝茶闻香；正写仲宣怀远，又转向东篱把酒。但它不是漫无边际，而是围绕一个主题，多方下笔。这种自由转笔而立意奇巧的写法，在词人的词作中是较为常见的。

清平乐

年年雪里，常插梅花醉。
挼尽梅花无好意，赢得满衣清泪。

今年海角天涯，萧萧两鬓生华。
看取晚来风势，故应难看梅花。

【题解】

这首词是李清照后期词的名篇之一。词人从往昔赏梅写起，以今日怜梅收篇，展示了不同时期的境遇，表现了身世飘零的不幸，寄托着深沉的家国之忧，思想内容远较一般的咏梅词深广。

清平乐（年年雪里）词意图　廖松岗 绘

句解

年年雪里，常插梅花醉

“年年”，是对往事的回忆，包含了许多岁月的生活情景，如生活优越、无忧无虑的少女时期，夫妻志趣相投、相亲相爱的婚后岁月等。在那年年雪花飘飞的季节，一朵朵、一树树的红梅竞相怒放，在银妆素裹的冬日世界，绽放出生命的激情。主人公怀着喜悦的心情，踏雪赏梅，常常情不自禁地摘下几朵，插戴在发间。那时的她，时时陶醉于欢愉中。

“年年”和“常”，指这样的生活在过去已成习尚。踏雪，本是赏心乐事；赏梅，更见情致雅韵。宋人赏梅注重雪景的衬托，强调气韵和精神，所谓“有梅无雪不精神”(卢梅坡《雪梅二首》)。故“雪”字不仅表明冬令时节，绘出梅雪争春图，更突出赏梅的环境。

梅花傲霜斗雪，凌寒独放，被人赋予冰姿玉骨、铁躯古心、高洁坚贞等品质。词人对梅花特别喜爱。“插花”，即头上戴花。词人其它作品中也提到鬓插梅花的事，如《菩萨蛮》：“睡起觉微寒，梅花鬓上残。”

挼尽梅花无好意，赢得满衣清泪

可惜的是，踏雪赏梅、令人陶醉的美好生活，已成过眼云烟。又是雪飞梅开的时节，主人公早没有了插花的心情，她只是顺手摘下一朵梅花，在手里揉搓着。花儿一点点碎了，掉在地上；随同而下的，还有摘花人凄清的眼泪，一滴一滴，湿了衣衫。

评家多认为，这是词人中年遭遇不幸时悲怆情感的写照。建炎三年(1129)，赵明诚病逝。当时金兵南下，李清照孤苦无依，过着颠沛流离的生活。即便还是一样的飞雪、一样的梅花，然而兵燹乱离，偶丧家亡，词人的心都碎了，哪还有好心情呢?

“挼尽”，即搓来搓去，揉搓了很久。当年赏花、插花，是无限的喜悦，如今情不自禁地任花残零，是因为内心有着难以排遣的忧苦。这里有时间的流动、境遇的变迁、感情的发展。“无好意”，是心情不好的意思。“赢得”，即剩得。“清泪”，是词人南渡后悲苦凄凉心情的反映。

今年海角天涯，萧萧两鬓生华

“今年”点明时间，呼应已往的“年年”。主人公说：今年我飘泊在海角天涯，两边的鬓发已经稀疏花白了。“海角天涯”，并非真指地理上的荒远，而是感伤于身世飘零。金人占领北方，自己流落江南，多年来思归而不可得。丈夫已亡，自己孤苦无依，处境凄凉困苦，不免有沦落天涯之感。“萧萧”，稀疏的样子。词人慨叹自己飘泊无定，年老无依，但这不同于一般的叹老嗟穷，而是在丧乱沦落中蕴含着时局之忧。

看取晚来风势，故应难看梅花

“看取”，即看。眼看那近晚吹来的风势，越来越大，即便有梅花，也必定会风狂花尽，难以再赏了。这里可能寄托着词人对国事的忧怀。古人常用比兴的手法，以自然现象的风雨、风云，比附政情形势。因此，这里的“风势”既是自然的，也可能是政治的，即“国势”，喻指金兵对南宋的进逼。“梅花”，喻指美好事物。从“常插梅花醉”，到“挼尽梅花无好意”，再到“故应难看梅花”，主人公由幸到不幸，情感由乐到哀，既是其人生不同阶段的写照，又是国是日非、时局艰难的折射。

评解

这首词处处跳动着词人生活的脉搏：早年的欢乐、中年的幽怨、晚年的沦落忧愁，在词中都约略可见。词人饱经沧桑，将许多难言之苦，通过抒写赏梅的不同感受倾诉出来。词意含蓄蕴藉，感情悲切哀婉。身世之苦、家国之难融合在一起，使词的思想境界为之升华。

这首词篇幅虽然短小，却运用了多种艺术手法。从描写赏梅的感受看，运用的是对比手法，由赏梅而醉，到对梅落泪，再到无心赏梅，反映出不同的人生境遇，表现了词人生活的巨大变化。从上下阕的安排看，运用的是衬托的手法。上阕写过去，下阕写现在，但又不是今昔并重，而是以昔衬今，表现出词人飘零沦落、衰老孤苦的处境和饱经磨难的忧郁心情。

南歌子

天上星河转，人间帘幕垂。
凉生枕簟泪痕滋，起解罗衣，聊问夜何其。

翠贴莲蓬小，金销藕叶稀。
旧时天气旧时衣，只有情怀，不似旧家时！

【题解】

宋高宗建炎三年(1129)，赵明诚病逝。这首词抒写了词人悲凉孤寂的心情，追怀自伤情绪甚重，可能作于明诚卒后。

南歌子（天上星河转）词意图　萧惠珠 绘

句解

天上星河转，人间帘幕垂

词一开头就展现出一个天上人间的广阔境界，但却飘浮着一种轻微的黯淡气氛。上句是写天上，说银河已经向西斜转了。“星河”，即银河。“转”，说明时间流动，应是颇长的一个跨度，人能觉察至此，则其深夜无眠可知。下句是写人间，说家家户户都垂下了帷帘，人们渐入梦乡，实际上是衬托自己的孤独与心绪不宁。“天上”、“人间”对举，有人天远隔的含意，似乎其中有沉哀欲诉。这两句并非客观地描写自然景物，而是词人的意中之象。字面上是写景，内里是抒情；表面看似平静无波，实则暗流汹涌。

凉生枕簟泪痕滋，起解罗衣，聊问夜何其

主人公躺在床上，只觉得枕席上生出阵阵凉意。“枕簟”，即枕头和竹席。簟席为暑天所用，点出时令特点。“凉生枕簟”，可能是因为天气转凉，更多的是主人公孤独凄凉心理的反映。“泪痕滋”，是说眼泪流湿了枕头。“滋”，多的意思。这是从正面写主人公之悲。

悲伤不已，人亦劳瘁，主人公从床上起来，准备解衣入睡，同时心下不禁问道：夜到什么时候了？从“起解罗衣”看，她原本是和衣而卧，说明心事万千，所谓“闷则和衣拥”。“聊问”，是姑且问的意思，并不需要回答。早也好，晚也罢，对她来说，似乎都不重要。其孤寂悲苦的由来，已非一日。

《诗经·庭燎》：“夜如何其？夜未央。”这大概是“夜何其”一语的最早出处。这四字不便用于诗，便省略为三个字。可以省去“如”字，而作“夜何其”；也可以省去语助词“其”，而作“夜如何”，如杜甫《春宿左省》诗：“明朝有封事，数问夜如何。”

翠贴莲蓬小，金销藕叶稀

因解衣欲睡，看到衣上花绣，又生出一番思绪来：用翠线缝在罗衣上的莲蓬，看着小了；用金线缝成的莲叶，也有些稀疏了。“翠贴”、“金销”，即贴翠、销金，均为服饰工艺。在衣服上用细线缝连花饰，不见针脚叫“贴”；以金饰物叫“销金”，此指衣上花饰用金箔或金线制成。

这两句有些费解，是衣服上的花饰原先就那样小，那样稀？还是因为心情不好，看着不同以往了？或者是说衣服旧了，磨损了？词人写到服饰，并非无所用心，而是有着深意的。这罗衣是与丈夫共同生活的见证。在这伤感怀人的深夜，它必勾起词人对种种往事的回忆。乐府民歌中有一种常见的谐音手法，即以“莲”谐音“怜”，以“藕”谐音“偶”，词人是否也暗用了这一手法呢？即使没有，但只要设身处地，想想词人睹物伤人的情状，也会觉得“小”与“稀”，并不仅仅为形容花饰而设，它似乎在暗示丧偶成寡、自怜弱小的不幸处境。

旧时天气旧时衣，只有情怀，不似旧家时

天气是旧时的天气，衣服也是旧时的衣服，只是心情却不像从前了。“旧家时”，也就是旧时，并非泛指从前任何时候，而是应与丈夫在一起的某一特定的时间。那时，也是这样的天气，而且自己也穿着这件衣服。“旧时衣”，既呼应上阕的“起解罗衣”，又交待这罗衣是以前就有的。这里三个“旧”字连用，叠字叠韵，音韵声调和谐悦耳，富有节奏感，反反复复，只觉字字悲咽。

旧时是怎样的情形、怎样的情怀，词人没有说，也不需要说。但我们仿佛听到了主人公长长的叹息声。今昔对比，惟有身历沧桑者才能领会其中所包含的许多深意。

评解

词人以凄伤的笔触，抒发了南渡后夫亡家破、寂寞孤凄的悲怆情怀。上片写深夜天气依旧，女主人孑然一身，心酸落泪，深夜不眠。下片写天气依旧，衣物如故，睹物伤情，不胜悲慨。全词构思精巧，蕴藉有味，文笔自然流畅而委婉曲折，感情深沉真挚而凄凉悲恻，手法灵活变化而多种多样。字字句句锻炼精巧，日常口语和谐入诗。看似平平淡淡，却将心思娓娓道来，感人至深。

武陵春

风住尘香花已尽，日晚倦梳头。
物是人非事事休，欲语泪先流。

闻说双溪春尚好，也拟泛轻舟。
只恐双溪舴艋舟，载不动许多愁。

【题解】

绍兴四年（1134）冬十月，李清照避乱金华，次年归临安。此词写双溪晚春，当在绍兴五年（1135）。那时，丈夫死了，珍藏的文物大半散失了，自己流离异乡，历尽劫难，所以词情极其悲苦。

武陵春（风住尘香花已尽） 词意图　廖松岗 绘

句解

风住尘香花已尽，日晚倦梳头

在一个暮春时节，一番风雨过后，花儿都凋落了，连尘土也被落花染香。主人公面对花尽春去的冷落景象，心灰意懒，虽然日上三竿，仍无心梳洗打扮。

词人从暮春三月景色切入，略去春归的漫长过程，只将结果写出。“风住”一句，通俗凝练，富于暗示性，此前风吹雨打、落花纷飞的景象如在眼前。“尘香”，极言花落之多。对于伤春惜春的人来说，这一景象是多么无情和令人伤感。

主人公是否就是因春去而情绪低落呢？怕不尽然。客观景物只是外因。从后文即可知，主人公内心早有所感，这只是触物兴怀而已。

物是人非事事休，欲语泪先流

风物依旧而人事全非，事事竟是那样的不如人愿。心中百感交集，千言万语还没说出口，眼泪已夺眶而出。这两句紧承上文，点明一切悲苦都是由于“物是人非”。其手法由含而不露转向坦陈胸臆。

清照在北宋沦亡后，举家南渡，后丈夫病逝，自己飘泊异乡，从前的幸福生活只存于记忆中。此时，她不仅生活困苦，更重要的是历经劫难后，精神上备感孤独与痛苦。“物是人非事事休”一句，将家国之难、时局之艰、飘泊零落、红颜迟暮、身世之痛等，尽数囊括其中，概括力极强。“欲语泪先流”，这是人在极端悲痛而想倾诉时的自然举动，可谓“此时无声胜有声”。它真实而形象地表达了词人悲愁之极、痛苦之极的情状。

闻说双溪春尚好，也拟泛轻舟

词人笔锋一转，另换新意。她说：听说双溪的春色尚好，不妨到那里去泛舟游览一下吧。“双溪”，水名，位于浙江金华县，是永康、东阳二水的交汇处，故名。

上阕刚写到春色不堪、心情凄楚，这里却说意欲探春。乍看颇为突然，其实是有脉络可寻的。首句提到花落春残，所以这里才提出要去双溪寻春；上阕末二句极言愁怀不展，这里则说向往解脱，这是很自然的，更何况词人历来就喜游赏。据周辉《清波杂志》载，她在南京的时候，“每值天大雪，即顶笠披蓑，循城远览以寻诗”。

“春尚好”、“泛轻舟”措词轻松，节奏明快，恰到好处她表现了词人一刹那间的喜悦心情。而它们之前分别加上“闻说”、“也拟”，则显得婉曲低回，说明词人出游之兴是一时所起，并不十分强烈。其实，我们也可认为这是虚想之景、虚拟之行，是词人意念上的偶一闪光。

只恐双溪舴艋舟，载不动许多愁

事实上，主人公的痛苦是太深了，哀愁是太多了，岂是泛舟一游所能排遣？所以她说：只恐怕那双溪的小船，载不动我心头许多的愁。“舴艋舟”，狭长小船，形如舴艋。

词人连用“闻说”、“也拟”、“只恐”三组虚字，作为起伏转折的契机，一波三折。在上面一句铺陈之后，最后来一个猛烈的跌宕，使感情显得无比深沉，也使词意波澜起伏。

“愁”本是一种抽象的情感，看不见，摸不着，为增其可感性，词人通常采取夸张性的比喻。历来诗家喻愁的，多种多样。李后主《虞美人》：“问君能有几多愁？恰似一江春水向东流。”是以水之多喻愁之多。秦观《江城子》：“便做春江都是泪，流不尽许多愁。”则愁已经物化，变为可以放在江中随水而流的东西。李清照又进一步把它“搬”上了船，于是愁竟有了重量，不但可随水而流，并且可以用船来载。这一比喻立意新颖，设想奇特，不着痕迹。因为它承上句“轻舟”而来，而“轻舟”又是承“双溪”而来，寓情于景，浑然天成，构成了完整的意境。

评解

李清照后期的作品往往带有悲愁苦闷的情调。这种愁，和一般离情别愁以及种种“闲愁”都不一样。在她的愁苦中，总是或多或少地含有国难、家破、夫亡的悲痛。

这首词构思新奇，从神态举止到内心波澜，写得既真率自然如行云流水，又跌宕起伏似浪峰波谷，有一种凄婉劲直之风，具有较强的艺术感染力。词的开头说春光已尽，在未尽之时，芳菲满眼，当然有许多动人的情景可写，可是在已尽之后，还有什么可写的呢？及至读下去，才知道又是另外一番情景。如果说写花尽春残、物是人非而引起愁，还是平平无奇，那么下片则构思新奇，别具风韵。从本意来看，不过是说小小春游，实不足慰人深重之愁，词人却善于将文笔荡开，欲抑先扬，把刹那间的微妙心理变化过程表现得曲折尽情，将凄婉情思表现得生动真切。

怨王孙

湖上风来波浩渺，秋已暮、红稀香少。
水光山色与人亲，说不尽、无穷好。

莲子已成荷叶老，清露洗、苹花汀草。
眠沙鸥鹭不回头，似也恨、人归早。

【题解】

据《词谱》，词牌《怨王孙》以秦观同名单调词为正体，李清照这一首是双调，为变格。有的版本题作《赏荷》。此词写的是晨游之景，与《如梦令》（尝记溪亭日暮）当是前后衔接的。前一次是荷花开放之时，这一次是“莲子已成”之日，两次时间相隔未久。虽然这一首从字面上不能确定创作时间，但从追忆溪亭之游的情形看，当是词人结婚前后至二十三四岁居住汴京时所作。

怨王孙（湖上风来波浩渺）词意图　李鸣泉 绘

句解

湖上风来波浩渺，秋已暮、红稀香少

起句勾勒出一幅水波荡漾、红荷凋残的画面。你看，在明朗清澈的秋空下，湖水倒映着远山，不时有清风徐来，湖面上泛起层层涟漪，放眼望去，清波微澜，渺无边际。此时，已是暮秋时节，荷花大多已经凋谢，只剩下零零星星的一些，稀疏地点缀在湖面上，空气中散发着淡淡的余香。

“浩渺”，水势辽远，既表现了涟漪扩展的情景，又说明湖面之广。“暮”，将尽。“红稀香少”，有类“绿肥红瘦”，简洁形象地写出了暮秋荷花的景象。“红”，指荷花。

水光山色与人亲，说不尽、无穷好

“一叶落而知天下秋”，一般来说，秋天的叶落花残，容易引起人的伤感，正如宋玉所说：“悲哉秋之为气也！萧瑟兮，草木摇落而变衰！”(《九辩》)然而，李清照面对暮秋景物，不仅没有萧瑟之感，反而觉得景物宜人，美不胜收。你看，湖水湛蓝，秋山淡远，水光山色交相辉映，与人格外亲近。这一切是多么美好啊，该怎样描述呢？即使千言万语，也是说不完道不尽的。

山水“与人亲”，这是拟人化的手法。山与水是自然景物，没有知觉和感情，词人不直说自己如何亲切自然，为之陶醉，而是寄情于物，借彼言己，正所谓“以我观物，故物皆著我之色彩”。

莲子已成荷叶老，清露洗、苹花汀草

秋天是收获的季节。荷叶虽已老去，香气消歇，然而它的莲子已经成熟了，湖面上一朵朵莲蓬正挺立着。而那湖边的苹花和岸上的小草，就像被清莹的露水洗过一样，看上去青翠欲滴。

“莲子已成”一句，有果实累累、老叶凌风之态，一扫败荷零落的凄楚颓唐之意，给人以丰盈充实的喜悦。后二句进一步写湖边的花草，使画面景物更为丰富多姿。“苹花”，多年生草本植物，茎柔软细长，生在浅水中，初秋开花。“汀草”，指水岸平地上的草。“清露洗”，含有很丰富的内容：一是显示出花草的滋润，色泽鲜明；二是展现出生气勃勃、欣欣向荣的景象。大概词人此时的心情也正如此吧。

眠沙鸥鹭不回头，似也恨、人归早

词人眼前看到的，不仅是花草，还有禽鸟。看，在那湖畔的沙地上，有几只鸥鹭在休憩，它们是那样的安静淡然，当我走过，连头也不回一下，似乎是恨我归去太早，不肯道别。

结尾二句，词语婉曲柔和，含蓄有味，反映出词人与鸥鹭为友、寄情山水的乐趣及依恋之情。鸥鹭哪能懂得恨人归早呢？分明是词人舍不得离开荷湖鸥鹭，以反写正，含蓄有趣。

张炎《词源》卷下“制曲”条说：“过片不要断了曲意，须要承上接下。”此词上下承接，意脉不断。“莲子已成荷叶老”之句，与上片的时空、景物紧密衔接，直到曲终拍煞，词意接转连贯如一。上片末句是“说不尽，无穷好”，结拍为“似也恨，人归早”，声韵词意，无不动听悦目。

评解

此词上片写游赏秋景的喜悦，下片写归去时的依恋不舍。全词用语浅显通俗，表意不落窠臼。自古逢秋悲寂寞，宋玉有“悲哉秋之为气也”（《九辩》），杜甫叹息“万里悲秋常作客”（《登高》），许多文人写过迟暮的秋天。李清照本人也写过“人比黄花瘦”的销魂之感，包含着浓重的悲秋成分。此篇晚秋景色却写得宏阔俊朗，清新亲切。由于词人乐观情绪的点染，词中的“水光山色”、“苹花汀草”，以及“眠沙鸥鹭”，无不使人感到可亲可爱，心情愉悦。

此词基本保持了婉约词的当行本色，但又不同于一般婉约词的缠绵蕴藉，而直说“秋已暮”，直夸“无穷好”。如此写来，既不隐晦，又不直露；既有景物的描绘，又有感情的抒发。这种含意明白而又不逐一点破的写法，丰富了婉约词的表达方式，使其既有意味深长之隽永，又有晓畅欢快之清新。这在北宋词坛上，乃至古代闺阁词人中，并不多见。

一剪梅

红藕香残玉簟秋，轻解罗裳，独上兰舟。
云中谁寄锦书来，雁字回时，月满西楼。

花自飘零水自流，一种相思，两处闲愁。
此情无计可消除，才下眉头，却上心头。

【题解】

《一剪梅》，词牌名，因宋周邦彦词中有“一剪梅花万样娇”句，故名。又名《腊梅香》、《玉簟秋》。双调，六十字。题为元人伊世珍作的《琅嬛记》引《外传》云：“易安结缡未久，明诚即负笈远游。易安殊不忍别，觅锦帕书《一剪梅》词以送之。”清照初嫁赵明诚时，两家俱在东京，明诚正为太学生，并无负笈远游之事。此记载所云，显非事实。何况《琅嬛记》本是伪书，所引《外传》更不知为何书，不足为据。细味此词，词中写感物伤秋、泛舟遣怀，情状甚为孤独，显然是抒写与丈夫别后悠长的思念，并非送别之作。

一剪梅（红藕香残玉簟秋）词意图　冯远　绘

句解

红藕香残玉簟秋，轻解罗裳，独上兰舟

“红藕香残”，状户外之景，荷花已经凋残，余香若有若无。“玉簟秋”，点明时令，暑去秋来，所以竹席生凉，其实也含有人去席冷、内心孤凄之意。“玉簟”，指光滑似玉的竹席。

秋意萧疏，本是自然之景，却不免触动人的情怀。主人公更换了衣服，独自划船出游。“轻”，是轻手轻脚的意思，似乎生怕惊动别人。“独上”，有寂寞冷落之感，暗示离情，说明这不是闲情逸致的游玩。“兰舟”，即木兰舟，船的美称。

全句设色清丽，蕴藉简练，在写景纪事之中点明时节，渲染环境气氛，烘托出人物情怀。有评家说首句“精秀特绝，真不食人间烟火者”。南唐中主李璟词有“菡萏香销翠叶残”，同样是说荷花凋残，秋天来了，但不如清照词富有诗意。

云中谁寄锦书来，雁字回时，月满西楼

这几句直接抒写离别相思之情，构成一种目断神迷的意境。前两句是倒装句，意思是说，当空中大雁飞回来时，谁让它捎来书信？

回文织锦、雁足传书，都是诗词中常用的故典。前秦苏蕙曾织锦作《璇玑图诗》，寄其夫窦滔，计八百四十字，纵横反复，皆可诵读，文词凄婉。后人因此称妻寄夫函为“锦字”、“锦书”，亦泛用作书信的美称。“雁字”，群雁飞时常排成“一”字或“人”字，诗文中因以“雁字”称群飞的大雁。“雁字回时”，是说主人公思念丈夫，盼望音讯，不必实有其景。

主人公的相思是那样的强烈，不论白天还是晚上，也无论家中愁坐还是登舟独游，都萦绕在心，不可断绝。在明月之夜，她登上西楼，望断天涯，但明月自满，人却未圆。月光皎洁，主人公的身影越发显得孤独。“西”字，说明月已西斜，足见时间之久，伫盼之殷。

花自飘零水自流，一种相思，两处闲愁

落花飘零，流水悠悠，一切都逝去如斯。这既是即景，又兼比兴。“自”，是“空自”或“任自”的意思，有一种感叹的意味。有人说，这是主人公慨叹自己“青春易老，时光易逝”。其实，它包含的内容应该更广，其所喻的可以是人生、年华、爱情、离别等，给人以“无可奈何花落去”之感，也给人以“水流无限似依愁”之恨。

“一种相思，两处闲愁”，是从对面设想之语，在写自己的相思之苦、闲愁之深的同时，由己身推想到对方，深知这种相思不是单方面的，而是双方的，以见两心之相印。

此情无计可消除，才下眉头，却上心头

词的结尾，词人进一步渲染了深沉的情怀：相思时刻萦绕，愁苦绵长不绝，真是没有办法排遣；紧皱的眉头方才舒展，而思绪又涌上心头。这里，“眉头”与“心头”对应，“才下”与“却上”成起伏，语句工整，形象地展现了相思之苦的短暂变化。

这几句和李煜《相见欢》中的“剪不断，理还乱，是离愁。别是一般滋味在心头”，意境相似，有异曲同工之妙。王士禛在《花草蒙拾》中说，它们是从范仲淹《御街行》“都来此事，眉间心上，无计相回避”脱胎而来。的确，李词是从此化出，但别出巧思，更加闲婉自然，历来为人称道。

评解

李清照此词，以女性特有的细腻深婉抒写别后相思之情。此种题材，在宋词中为数不少，若处理不当，必落俗套。然清照此词，语言清新，明白如话，情极深挚，在通俗中又多见匠心，如“一种相思，两处闲愁”，“才下眉头，却上心头”，虽是对句，读之声韵和谐流畅、自然飘逸，并无窒碍之病。李廷机《草堂诗余评林》称赞此词“颇尽离别之情，语意飘逸，令人省目”。

对于此词，有一种理解颇可关注。此说认为“独上兰舟”是理解全词意脉的关键。“红藕香残”暗写季节变化；“玉簟秋”谓竹席已有秋凉之意；“雁字回时”为秋雁南飞之时；“月满西楼”，西楼为女主人公住处，月照楼上，自然是夜深了。若以“兰舟”为木兰舟，为何女主人公深夜还要独自坐船出游？而且她“独上兰舟”时，为何还要“轻解罗裳”呢，这样解释显然与整个环境是矛盾的。“兰舟”只能理解为床榻，“轻解罗裳，独上兰舟”，即是她解衣去裳，独自一人上床准备睡觉了。“玉簟秋”乃睡时的感觉，听到雁声，见到月光满楼，更增秋夜孤寂之感，于是词的下片抒写对丈夫的思念便是全词意脉必然的发展。此说有一定的道理。

行香子

草际鸣蛩，惊落梧桐，正人间天上愁浓。
云阶月地，关锁千重。
纵浮槎来，浮槎去，不相逢。

星桥鹊驾，经年才见，想离情别恨难穷。
牵牛织女，莫是离中。
甚霎儿晴，霎儿雨，霎儿风。

【题解】

此词为《乐府雅词》所载，后世版本亦多所收录，《历代诗余》题作“七夕”，与词中所写牛郎、织女故事相合。“七夕”是中国传统节日之一，传说七月七日是牛郎织女聚会之夜。古时七夕有乞巧的风俗，在这天晚上，无论宫廷民间，妇女们都要在月下庭中，陈设瓜果，摆下针线，乞求织女赐给她们织布绣花的慧心巧手。

这首词大约作于清照同丈夫婚后又离居的时期，具体创作年代不详。从词的内容来看，词人借牛郎织女的相思之苦，抒发人间的离愁别恨。“正人间天上愁浓”，乃全词主旨之所在。

行香子（草际鸣蛩） 词意图　徐震时 绘

句解

草际鸣蛩，惊落梧桐，正人间天上愁浓

“蛩”，蟋蟀。夜晚如此安静，蟋蟀在草丛中幽凄地鸣叫着，梧桐树叶似被这鸣声惊醒，飘摇着落在地上。这正是人间天上离愁别恨最重的时候。

“惊落梧桐”，将梧桐拟人化，仿佛梧桐也因秋来而悲愁伤感。在诗词中，梧桐落叶常被作为凄清景象的象征。如白居易《长恨歌》“秋雨梧桐叶落时”，就是写杨贵妃死后，唐玄宗看到梧桐落叶而触景伤情。温庭筠《更漏子》“梧桐树，三更雨，不道离情正苦”，李煜《相见欢 · 秋闺》“寂寞梧桐深院锁清秋”等，都是写梧桐落叶的凄清，引起离情之苦。词人这里也是寄情于景，通过梧桐表现自己的离愁。

唯其如此，下句写“人间天上愁浓”，也就显得很自然，毫不感到突兀了。词人由眼前之景，想落天外，词境悠远阔大。“天上”，暗点出牵牛、织女。七夕虽为牛郎织女相会之期，然而相会之时即为离别之日，此情正苦。“人间”，包括人世间一切别离中的男女。牛女尚能一夕相值，自己却总为离情别绪所煎熬，于是愈益愁苦。

云阶月地，关锁千重。纵浮槎来，浮槎去，不相逢

“云阶月地”，以云为阶，以月为地，指天宫。“浮槎”，用竹木编成的筏子。张华《博物志》记载，天河与海可通，每年八月有浮槎，来往从不失期。有人乘着它从海上出发，航行十余天，到了天上，看到城郭房舍，非常壮丽；牛郎在天河岸边饮牛，织女却在遥远的天宫中织布。

这几句是对张华上述记载的概括：天宫以月为地，以云为阶，重重关锁；即使我像传说中的人那样浮游天际，乘槎而去，乘槎归来，也不能同织女牵牛相逢。这几句字面虽写天上，用意则在人间。“关锁千重”，极言阻隔之深，致使有情男女不得会合团聚。

星桥鹊驾，经年才见，想离情别恨难穷

“星桥鹊驾”，相传每年七月七日夜间，喜鹊在天河上搭桥，让织女与牛郎相会，这桥俗称“鹊桥”，也叫“星桥”。这几句意思是说，分别一年，只得一夕相会，离情别恨，自然年年月月永无穷尽。“想”包含对牛郎织女的痛惜体贴之意，也是同病相怜之语。

这三句和杜牧《七夕》诗“云阶月地一相过，未抵经年别恨多。最恨明朝

洗车雨，不教回脚渡天河”意境相类似，都是对牛郎、织女一年一度相会表示同情。历来诗人以七夕为素材进行创作的，也往往对牛郎、织女的爱情生活受到天帝无理干涉而长期分居感到不平，为他们代诉相思之苦。李清照所写的也就是她与丈夫分别后的自我感受，是她的离情之苦。

牵牛织女，莫是离中。甚霎儿晴，霎儿雨，霎儿风

一年一度的相逢，尚嫌其少，何况在这难得的相逢中又屡遭不测风云的阻挠呢？结句就是这样引出来的：天一会儿晴，一会儿雨，一会儿又刮风，牛郎织女莫不是已经在分离了吧？“莫”为猜疑之词，即大概、大约之意。“甚”是时间副词。“霎儿”，口语，指短暂的时间，犹言一会儿。叠用三个“霎儿”，酷似愁烦难耐的语气，有幽怨不尽之意。

牵牛、织女，是人间别离男女的化身。词人明写关心牛郎织女，生怕天气阴晴不定、风雨莫测，阻碍他们一刻千金的相逢，实则心怀人间别离男女，深恐他们遭遇命运变幻。这几句语意双关，构思新颖，以天气阴晴喻人间悲喜，贴切生动。

评解

这首词境界奇丽，凄婉动人，以牛郎织女传说为寄托，表现了人间夫妻的离愁别恨，深寓自我体验。词人巧妙地将天上人间融为一体，塑造出虚幻与现实相结合的艺术境界，用虚幻中的艺术形象来抒发她在现实中的情思，二者结合得非常自然。这对开拓意境起到了重要作用，也展示了词人丰富的想象力。此外，本词叠句的运用，口语化的特色，无疑也增强了词作的感染力。

点绛唇

寂寞深闺，柔肠一寸愁千缕。
惜春春去，几点催花雨。

倚遍阑干，只是无情绪。
人何处，连天芳草，望断归来路。

【题解】

这首词是李清照惦念离别的丈夫而作。《全宋词》本据明陈耀文《花草粹编》另加词题“闺思”二字，这与本词的主题完全吻合。此词虽写女子闺阁之思，但与一般男性词人的作品绝不相同。一般男性词人的词作中，其女性主人公多为秦楼楚馆的歌儿舞女，由于她们处于弱势的地位，对于爱情生活没有自由选择

点绛唇（寂寞深闺） 词意图　萧惠珠 绘

的余地，所以大多表现失意被弃的哀怨。清照出身名门，她与赵明诚婚后过着平静幸福的生活。二人志趣相投，感情深笃，经常在一起共同校勘书籍，研讨金石文字，以至废寝忘食。当然，在这平静美好的爱情生活中也有短暂的分离，一旦丈夫外出，她心中就增添一种难以言状的烦恼与痛苦。这种滋味，她在《凤凰台上忆吹箫》词中曾吐露过："生怕离怀别苦，多少事，欲说还休。"

句解

寂寞深闺，柔肠一寸愁千缕

词以抒情入题，开门见山地点明题旨：主人公独守深闺，倍感寂寞，思念远人的一腔柔情，与不能相聚的痛苦交织着；愁情不绝，心神不宁，叫人不知如何是好。在古典诗词中，闺怨、言情之作并不少，但多是男代女作。真正出于女性之笔，像李清照这样大胆抒发自己的情怀，直接喊出"寂寞深闺"的，可以说是少之又少。此语不见得新鲜，但直言不讳，反而引人注目。

"柔肠一寸"，化用欧阳修《踏莎行》"寸寸柔肠，盈盈粉泪，楼高莫近危栏倚"的词意。柔肠仅一寸，而愁绪竟千缕之多，词人以极其悬殊的数字并列对照，让人仿佛看到主人公寂寞愁苦、深情绵长、无可排遣的形象。"缕"，是指细长的线。用"千缕"来形容愁，形象而具体，有"剪不断，理还乱"之意。

惜春春去，几点催花雨

这是景语，也是情语。春光明媚，百花竞放，一切多么令人留恋。只可惜暮春时节，一番风雨，催逼着落红，也催着春天匆匆而去。春回大地，万象更新，总给人以希望和欣喜，也给独处深闺的愁人带去了一些安慰。然而，就是这难得的美好也留它不住。这两句没有直言其愁，然而主人公的满腹愁情已寓于景中。惜春，惜花，也正是惜年华、惜美好幸福的写照。

倚遍阑干，只是无情绪

此词上片抒写独处深闺的寂寞心情，下片由景及人，进一步抒写离别的愁苦和盼归的心境。主人公从幽居的闺房里步出户外，倚着栏杆痴望远方。然而始终不见爱人归来，因而意绪不佳。

中国古典诗词中，常用"倚阑"表示人物心情悒郁无聊。这里词人在"倚"后缀以"遍"字，说明她不是在一处"倚"而是处处"倚"，用简练细致的笔墨刻画出主人公盼望、失望、徘徊的神态。这样，不需要写她的往来踱步，以及由此焦急情绪而产生的种种动作，读者已在联想中感受到她精神的苦闷与心神不宁。如果改成“独倚阑干”，语意相同，平仄一样，但就不能体现那种情态了，所谓“不著一字，尽得风流”。

人何处，连天芳草，望断归来路

结尾三句，写词人遥望丈夫归来的情景。凭栏远眺，只见山长水远，苍茫无际，惟见芳草连天，而伊人何在？《续选草堂诗余》卷上谓“草满长途，情人不归，空搅寸肠耳”。以春草喻离愁，在古典诗词中较为习见，如《楚辞·招隐士》云：“王孙游兮不归，春草生兮萋萋。”李煜《清平乐》词云：“离恨恰如春草，更行更远还生。”

“望断”句的“断”，作尽解。“望断”，是望得很远很远，望到了最尽头，足见其思念之情极其深切。与晏殊《蝶恋花》“独上高楼，望尽天涯路”、秦观《满庭芳》“伤情处，高城望断，灯火已黄昏”有异曲同工之妙。

评解

这是一首写伤春兼离恨的闺怨词。上片由情及景，情中写景；下片景中抒情，全篇情景融为一体。笔触从闺房转到户外，由深闺相思写到凭栏远眺；起写深闺寂寞之愁，结写切盼归来之情，结构紧凑，一气贯注。

这首小词采用白描手法，没有典故，不假藻饰，充分体现了李清照词作明白如话、语浅情深的艺术特色。明代陆云龙在《词菁》中称道此词是“泪尽个中”，清陈廷焯《云韶集》也盛赞此作“情词并胜，神韵悠然”。

声 声 慢

寻寻觅觅，冷冷清清，凄凄惨惨戚戚。
乍暖还寒时候，最难将息。
三杯两盏淡酒，怎敌他晚来风急。
雁过也，正伤心，却是旧时相识。

满地黄花堆积，憔悴损，如今有谁堪摘。
守着窗儿，独自怎生得黑。
梧桐更兼细雨，到黄昏点点滴滴。
这次第，怎一个愁字了得。

【题 解】

《声声慢》是李清照的名篇之一，历来为人称道。写作时间不详。有人认为作于南渡以后，正值金兵入侵，北宋灭亡，丈夫去世，一连串的打击使她尝尽了国破家亡、颠沛流离的苦痛。有人则认为是中年时期所作。

这首词通过描写残秋所见、所闻、所感，抒发自己孤寂落寞、悲凉愁苦的心绪。词风深沉凝重、哀婉凄苦，一改前期词作的开朗明快，其境界、成就远远超出了早期的“闺情”之作。

声声慢（寻寻觅觅）词意图　汪国新 绘

句解

寻寻觅觅，冷冷清清，凄凄惨惨戚戚

上片以清冷之景衬托情怀的凄凉冷落。

“寻寻觅觅”四字劈空而来，似乎难以理解，细加玩索，乃是指一种极度空虚茫然的心理状态。环境孤寂，心神不宁，无可排遣，无可寄托，心中若有所失。那一直苦苦寻觅的是什么呢？想要抓住什么，结果却什么也得不到，所感到的，仍然只是恍惚茫然，这才如梦初醒，感到四周“冷冷清清”。这四字既明指环境，也暗指心情。常言说“人悲物亦悲”，在一个悲伤凄凉人的眼中，所有的事物都似乎暗淡无光、无温暖可言。寻觅的结果，不但没有减轻内心的伤痛，反而由清冷之景更生一种凄凉、惨淡和悲戚之情。“凄凄惨惨戚戚”，即纯粹描绘内心感受，为全词定下了感情基调。在语言习惯上，“凄”可与“冷”、“清”相结合，也可以与“惨”、“戚”相结合，从而构成凄冷、凄清、凄惨、凄戚诸词，无论怎样组合，都是悲伤冷落的词汇。由此可见，这三句十四字，实分三层，循序渐进，由浅入深，文情并茂。

这三句以七组叠字构成，信手拈来，自然巧妙，而无斧凿痕，艺术手法之大胆新奇，历来为众词评家所激赏。宋张端义《贵耳集》云：“此乃公孙大娘舞剑手。本朝非无能词之士，未曾有一下十四叠字者……后叠又云‘梧桐更兼细雨，到黄昏点点滴滴’，又使叠字，俱无斧凿痕。”十四个字无一愁字，却写得字字含愁，声声含悲，形成一种抑扬顿挫、如泣如诉的音韵效果，仿佛珠落玉盘。

乍暖还寒时候，最难将息

凄然寡欢、惨然抑郁的心情，让人难以解脱，偏偏又遇上天气变化无常，忽暖忽寒，让人更加难以适应。“将息”，养息、适应。愁伤神，忧损体，这两句不写哀愁而哀愁已自见。

三杯两盏淡酒，怎敌他晚来风急

喝了几杯淡酒，原想可以驱除寒意，排遣愁苦，可是这薄酒怎能敌得过那冷瑟的秋风；特别是到了傍晚，那风一阵紧似一阵，来得是那样的急。

主人公愁怀难遣，归因于“淡酒”。也许酒性依旧是烈的，只是因为词人的愁太重了，酒入愁肠愁更愁，满心都是愁，致使酒力压不住心愁，自然就觉得酒味淡了。

“晚来风急”，有的版本作“晓来风急”，并据此认为这首词写从早到晚的情况。

雁过也，正伤心，却是旧时相识

这三句将上文含情未说之事，略加点明。正在这孤寂冷落的伤心时刻，举头仰望，忽见一群鸿雁，掠过高空。在急风淡酒、愁绪难消的情景中，它们的到来，打破了眼前沉郁的气氛。但这感觉，不是喜悦，而是新愁。雁到秋天，由北而南，主人公往昔似已见过，故谓“旧时相识”。《唐宋词选释》说：“雁未必相识，却云‘旧时相识’者，寄怀乡之意。”

清照早年在词中多次写到雁，如《一剪梅》中云：“云中谁寄锦书来？雁字回时，月满西楼。”南渡前所写《念奴娇》中有“征鸿过尽，万千心事难寄”之句。这旧时相识，曾经在离愁中带给她亲人的音讯，带来安慰和团聚的希望。而如今“物是人非事事休”，同样是“雁过也”，却有一种哀哀欲绝的凄苦之情，让人仿佛听到了长空中那南飞雁一声声凄厉的哀鸣。

满地黄花堆积，憔悴损，如今有谁堪摘

过片直承上来，仰望见长天过雁，俯视则满地残花。在秋天，菊花曾经傲对寒霜，开得茂盛，可惜转瞬凋零，它们曾经金黄鲜亮的花瓣已经枯萎，零落了一地，有什么可摘的呢？在往年，“菊花须插满头归”，而现在又哪有这样的兴致呢？“憔悴损”，是枯萎、凋零的意思。“有谁堪摘”，是说有什么可采。“谁”，何的意思。

菊花已然憔悴，好比人的生命一样盛时不再。主人公孤苦飘零，此时对花自怜，不禁黯然神伤。

守着窗儿，独自怎生得黑

前面写急风欺人，淡酒无用，雁逢旧识，菊惹新愁，所见所感，皆是使人伤心之事。于是长久无言，坐在窗前，独自怎么能熬到天黑呢？这是写独坐无聊、内心苦闷之状。“怎生”，怎么。彭孙遹《金粟词话》云：“李易安‘被冷香消新梦觉，不许愁人不起’，‘守着窗儿，独自怎生得黑’，皆用浅俗之语，发清新之思，词意并工，闺情绝调。”所论极是。

梧桐更兼细雨，到黄昏点点滴滴

就这样挨到黄昏，无奈又是秋雨梧桐，更添愁思。这里暗用白居易《长恨歌》“秋雨梧桐叶落时”之意。最是不堪忍受这黄昏的雨，它的到来几乎让人的内心变得极度脆弱敏感。

老天好像专门与人作对，此时此刻，窗外秋风既吹得梧桐沙沙落叶，又不停地下着细雨。到了黄昏的时候，檐下雨声仍然是点点滴滴地响着。这里既是写景，也是抒情。这些景物，实际上都寄寓着主人公的情怀。细雨点点滴滴，整个黄昏就被这单调而冗长的声音占据了，什么时候才得完结呢？

这三句通过秋雨梧桐这些客观景物，刻画出主人公当时的心境，不仅形象、传神，而且具有音韵声响的节奏之感。“梧桐”句，虽说是实景，但也取意于《长恨歌》。就其意境和表现手法的继承性来看，它和温庭筠的《更漏子》“梧桐树，三更雨，不道离情正苦。一叶叶，一声声，空阶滴到明”几句相类似，也可能是从中变化出来。

这次第，怎一个愁字了得

心中无限痛楚抑郁无以复加，从内心喷薄而出，逼出结句：这许多情况，岂是一个“愁”字所能包括得尽、概括得了？“这次第”，犹言这种情况，或这般光景，宋人口语。

诗人写愁，多半极言其多。清照独辟蹊径，化多为少，只说自己思绪纷茫复杂，不是一个“愁”字所能言明，但又不说“愁”之外更有什么。全词至此，戛然而止，欲说又休，文外多少难言之隐，个中滋味，真可谓“味之者无极，闻之者动心”（钟嵘《诗品》）。

评解

此词通篇情调清冷凄苦，沉哀入骨，心境与物像融合无迹。环境冷清，淡酒无用，雁阵无信，疾风欺人，黄花憔悴，梧桐细雨，一切都强化了悲凉的色彩。全词一气贯注，在结构上打破了上下片的局限，着意渲染愁情，如泣如诉，感人至深。

在艺术上，此词颇多独到之处。首句连下十四叠字，出奇制胜，使读者恍如身临其境，若闻其声。全词造语奇隽，而以浅俗语发清新之思，词与意并，音调谐美，富有音乐美，是《漱玉词》中之佼佼者。李清照作词主张严守声律，于声调上也颇多讲究。词中出现了大量双声叠韵字，冷与清、暖与寒、凄与惨、惨与戚、点与滴等的自然音响和鲜明节奏，读来铿锵悦耳、抑扬顿挫。此词用齿音四十一字，舌音十六字，共占全词一半以上的篇幅。尤其是篇末“梧桐更兼细雨，到黄昏点点滴滴，这次第，怎一个愁字了得”，二十余字中，舌、齿两声交加重叠，似乎是特意用啮齿叮咛的口吻，表达忧郁惝恍的心情。此词虽有以上诸多奇妙之处，但并非刻意求工，而是自然动人。

临江仙

欧阳公作《蝶恋花》，有“深深深几许”之句，予酷爱之。用其语作“庭院深深”数阕，其声即旧《临江仙》也。

庭院深深深几许，云窗雾阁常扃。
柳梢梅萼渐分明，春归秣陵树，人老建康城。

感月吟风多少事，如今老去无成。
谁怜憔悴更凋零，试灯无意思，踏雪没心情。

【题解】

这首词作于建炎三年（1129）元宵节前后，是李清照晚期代表作之一。

欧阳修《蝶恋花》词云：“庭院深深深几许，杨柳堆烟，帘幕无重数。玉勒雕鞍游冶处，楼高不见章台路。雨横风狂三月暮，门掩黄昏，无计留春住。泪

临江仙（庭院深深深几许） 词意图　王西京 绘

眼问花花不语，乱红飞过秋千去。”欧词纯为闺怨之作，而李清照的这首词貌写闺情，实蕴身世、时局之痛。她作此词时，已是胡马饮河、宋室南渡的第三个年头，也是她到建康（今南京）的第二年。

句解

庭院深深深几许，云窗雾阁常扃

词人抵建康已近一年，国事日非，返乡无望，精神逐渐消沉，于是深居简出。看到欧阳修的《蝶恋花》“庭院深深深几许”句，触动心怀，并直接引用。前两个“深”字为形容词，状庭院之幽深曲折；后一个“深”字为动词，协助疑问：这深深的庭院啊，它到底有多深呢？三个“深”字叠加，不仅渲染出庭院的幽冷深邃，而且收到了跌宕回环的声情效果。

“云窗雾阁常扃”，化用韩愈《华山女》诗“云窗雾阁事恍惚，重重翠幕深金屏”。“扃”，关锁。此句意谓：幽深的庭院，深藏在云雾当中，一片迷茫，看不清楚；而窗子常闭，阁门深锁，似乎与世隔绝。何其幽闭的环境，多么令人沉闷的气氛！这应是主人公心情渺茫、极为孤寂的写照。

柳梢梅萼渐分明，春归秣陵树，人老建康城

人无情趣，可是时光依旧。你看，柳梢已有青色，梅花的花蕾也生出来，而且都渐渐看得清楚了。此句写景如画，好比淡墨勾勒。一个“渐”字，写出了光阴流转、梅树柳枝在春天渐渐丰盈起来的景象。早期作品里，词人多有喜春之情。如今面对异地春光，她不禁见物生情：春天回来了，秣陵的柳梅已展示了春意，可是我自身呢？看来回归无望，恐怕要终老建康城了。

“秣陵”、“建康”，均指今江苏南京。作为古都，南京历史上曾数次更名。楚威王以其地有王气，埋金镇之，名曰金陵。晋初曾名秣陵、建康等。北宋时称江宁，南宋高宗建炎三年（1129）五月又改称建康。

感月吟风多少事，如今老去无成

“感月吟风”，也就是“吟风弄月”。词人说，她过去做了许多写诗填词之事，可是现在年老了，竟一事未成。清照早年自负诗才，有过美好的生活和理想，然而往事不堪回首，一切都已烟消云散。如今离乡背井，有的只是黯然神伤。建炎之初，清照曾写下许多政治诗篇，希望朝廷能以社稷苍生为重，谁知中原恢复大业竟至蹉跎。面对南渡偏安的悲剧，词人既痛北宋之亡，又自伤身世。

谁怜憔悴更凋零，试灯无意思，踏雪没心情

满腹心事，一腔愁怀，郁结在心，有谁能了解呢？山河破碎，漂泊异地，老去无成，更是让人伤心不已，憔悴不堪。哪里还有心情去预赏花灯，踏雪寻诗呢？

“试灯”，宋人极重元宵节，每逢元宵，灯市总是热闹非凡，往往在节前几天就陆续张灯预赏。“踏雪”，宋周辉《清波杂志》卷八载：“顷见易安族人言，明诚在建康日，易安每值天大雪，即顶笠披蓑，循城远览以寻诗，得句必邀其夫赓和，明诚每苦之也。”无论试灯还是踏雪，都是清照当年所喜好。如今，境遇不同，情绪也就不一样了。

评解

这首《临江仙》是清照南渡以后第一首能准确编年的词作。国破家亡，个中愁苦，只能用曲笔婉达。少女时代的清纯，中年时代的忧郁，一化而为老年时期的沉隐悲怆。整首词作几乎是以口语入词，明白晓畅，又极准确深刻地传达了词人彼时的心理状态；今昔对比的运用，情感抒发的沉郁，都给人留下极深的印象。

孤雁儿

世人作梅词，下笔便俗。予试作一篇，乃知前言不妄耳。

藤床纸帐朝眠起，说不尽无佳思。
沉香断续玉炉寒，伴我情怀如水。
笛声三弄，梅心惊破，多少春情意。

小风疏雨萧萧地，又催下千行泪。
吹箫人去玉楼空，肠断与谁同倚。
一枝折得，人间天上，没个人堪寄。

【题解】

清照雅好梅花。其笔下的梅花，姿态各异，或初放，或盛开，或残败，皆饶有韵致。此词虽写梅花，但和一般正面描写梅花的篇什不同，词人意在借咏梅悼念亡夫赵明诚。明诚于建炎三年（1129）八月离世，此词当作于建炎四年以后某个春天。清照在小序中批评前人写咏梅词多平庸之气，遂以《孤雁儿》为调试笔，意欲免俗创新。

孤雁儿（藤床纸帐朝眠起）词意图　春雨 绘

句解

藤床纸帐朝眠起，说不尽无佳思

“藤床”，一种用藤条绷在木框上制成的床，轻便舒适。“纸帐”，用藤皮茧纸制成的帐子，稀布为顶，取其透气。主人公躺在藤床纸帐里，早上睡醒起来，情绪即不大好，心中说不尽的郁闷忧愁。

床、帐、香炉，是一般闺情词的常见意象，词人也从这些物事写起，并直入人物的内心世界。沈义父在《乐府指迷》中说：“大抵起句便见所咏之意，不可泛入闲事，方入主意。”此词正是这样，一开篇即奠定了忧愁的基调。

沉香断续玉炉寒，伴我情怀如水

屋内是这样的沉寂，时间也好像静止了一样，主人公倍感孤寂，四顾室内，只见玉炉中的沉香早已熄灭，无心再续。不光是那残灰、寒炉，就连空气似乎都是冷冰冰的，惟有它们，陪伴着主人公如水一样冰凉的情怀。

笛声三弄，梅心惊破，多少春情意

“弄”，小曲。这里指汉乐府横吹曲词中的《梅花落》。此乐曲的主调反复出现三次，故称“梅花三弄”。“梅心”，指梅花的蓓蕾。此时情怀正自凄凉，突然间传来悠扬凄怨的笛声。这《梅花落》的曲子，断断续续，如怨如诉，听来惹人无限伤心。于是情不自禁地走到室外，突然间惊讶地发现，一个人在屋子里闷了这么久，原来室外竟有如许春色，那枝头的梅花早在不知不觉间开放了。

“梅心”句，是拟人法。词人灵心善感，赋无情之物以知春的灵性，在她的笔下，笛声催开梅花，梅花也因为听到了笛声而醒悟到春天已经到来，惊讶地绽放了自己的花朵。词人着一“惊”字，就将梅花开放的形状和神情都活现出来了。

笛声悠扬，梅花竞放，给人间带来了多么浓郁的春天气息啊！这与室内沉香断续，玉炉生寒的景象形成了鲜明的对比。可主人公的心情是否就此变得和这盎然的春意一样富有生机了呢？

小风疏雨萧萧地，又催下千行泪

虽然春意盎然，然而天气有变，送来了微风细雨。稀疏的春雨潇潇地下着，渐渐地打湿了一切，梅花因而更加滋润美丽，但主人公忧郁的心情并没有因之改变，反而被催下了千行清泪。“又”字是接续“无佳思”说的。原本意绪寥落，了无佳思，情怀如水，如今又是小风疏雨，更加令人感伤。这种内心的悲苦之情，就这样一步一步加深。

吹箫人去玉楼空，肠断与谁同倚

主人公如水情怀，究竟为何，至此方才道明。“吹箫人”，喻知音者。这一典故出自《列仙传》。秦穆公时，有个人名叫萧史，善吹箫，箫声能将孔雀、白鹤吸引到院子里来。穆公有个女儿，叫弄玉，喜欢萧史，穆公就把弄玉嫁给了他。萧史天天教弄玉吹箫，模仿凤的叫声。几年后，弄玉果然能吹出凤的鸣声，因此引来许多凤凰。穆公于是建了一座凤凰台，萧史夫妇就住在这台上。又过了几年，有一天，萧史弄玉随着凤凰飞升而去，双双成仙。清照在这里以萧史喻指赵明诚。“吹萧人去”，即是说赵明诚已去世。

当年二人伉俪情深，诗文唱和，互为知音，如今丈夫已经离世，有谁能和她一同凭栏观赏盛开的梅花呢？沉思前事，不禁泪下如雨，肝肠寸断。“玉楼”，是对小楼的美称。萧史弄玉双双仙去的美丽传说，既暗示了她曾有过的夫唱妇随的幸福生活，又以“人去楼空”，倾诉了昔日欢乐已成梦幻的刻骨哀思。

一枝折得，人间天上，没个人堪寄

院内梅花开得正好，此时顺手摘来一枝，可是转念一想，又寄与何人？人间已经无法找到可寄之人，天上更是渺茫难寻。南朝陆凯《赠范晔》诗云：“折梅逢驿使，寄与陇头人。江南无所有，聊赠一枝春。”词人也想折梅寄远，但却已无人可寄！结句情思无限，正面落笔于梅花，深切地表达了对亡夫赵明诚的深厚感情和极其沉痛的悼念。刘熙载在《词概》中说：“收句非绕回即宕开，其妙在言虽止而意无尽。”

评解

作为一首梅词来看，李清照在避免“下笔便俗”的弊病上，已经作出了有益的探索。她尽量摆脱描写梅花的花朵、枝条、颜色、芳香等俗套，也不致力于点染“疏影横斜”、“暗香浮动”一类优美的词句，而是从梅花所引起的人的内心活动上构思立意。

在这首词中，词人始终以写人为主体，借物抒情，情景融合。在写梅之中，寄托悼亡之情。全词以“梅”为线索，相思之情，被梅笛挑起，被梅心惊动；又因折梅无人共赏，无人堪寄而陷入无可排遣的绵绵长恨之中。全词以景衬情，将环境描写与心理刻画融为一体，营造出一种孤寂凄婉的意境。

菩萨蛮

风柔日薄春犹早，夹衫乍著心情好。
睡起觉微寒，梅花鬓上残。

故乡何处是？忘了除非醉。
沉水卧时烧，香消酒未消。

【题解】

北宋王朝沦陷以后，金兵仍不断南侵，清照的故乡已被占领。她辗转南下，流寓江浙一带。在她当时的词作中，常流露出怀乡之情、故国之思。这首词虽然是写她的一些生活琐事，却有着强烈的家国情怀。

菩萨蛮（风柔日薄春犹早） 词意图　萧惠珠 绘

句解

风柔日薄春犹早，夹衫乍著心情好

初春时节，和风拂人，轻柔地吹拂大地；阳光和煦，天气已渐渐暖和起来。刚刚换上合身的夹衫，浑身有说不出的轻松，心情也舒畅了许多。“日薄”，形容春日阳光明丽和煦。“薄”，迫近。

开篇二句下笔和缓，一种平静和愉的情绪，似乎轻轻地浮在早春的空气当中。然而，谁能知晓主人公内心深藏的情绪呢？

睡起觉微寒，梅花鬓上残

这二句承接上文，用倒叙之笔写睡起以后的情态。在那风和日丽的早春季节，浓睡起身，虽然脱去冬装，心情好了一些，但仍然感到一丝侵人的寒意，可见心境并非纯粹的愉悦。她起来后似乎没有心思梳理整妆，鬓额上的梅花妆有些蓬乱而残损。“梅花”，指梅花妆。传说南朝宋武帝的女儿寿阳公主，有一天卧于含章宫殿的檐下，忽然有几朵梅花坠落在额头上，形成五片花，拂之不去。后来遂有梅花妆。

此二句着“寒”、“残”二字，正隐约地透露了主人公心中的淡淡忧愁，为下片思乡深情作了有力的铺垫。

故乡何处是？忘了除非醉

在早春看似平静和愉的氛围中，词人转写思乡，情调突变：哪里才是我眷念不已的故乡啊？除非喝醉了酒，不然我是忘记不了它的。

这两句平白如话，却极深刻沉痛。“故乡何处是”，不仅言故乡邈远难归，而且还含着“望乡”的动作。也就是说，白天黑夜，词人不知多少次引颈北向，遥望故乡。“忘了除非醉”，说明清醒时无时无刻不思念故乡。正因为思乡之情把人折磨得无法忍受，所以才借醉酒把它暂时忘却，可见它已强烈到何种程度。而词人之所以会有“忘”的念头，不仅是为了暂时摆脱思乡之苦，还同回乡几乎无望有关：如果回归有期，那就存有希望，不会想到把它忘掉；惟其回乡无望，念之徒增痛苦，才觉得不如忘却。真是不敢想却又不能不想，想忘偏又记起。这种精神痛苦，如何才能完结？

沉水卧时烧，香消酒未消

“沉水”，即沉香的别称，是一种名贵的熏香。睡卧时所烧的熏香已经燃尽，香气已经消散，说明已过了长长一段时间，但词人的酒还未醒，可见醉得深沉。

醉深说明愁重，愁重表明思乡之强烈。末句重用“消”字，句调圆转轻灵，而词意却极沉痛。不直接说愁，说思乡，而说酒，说熏香，词意含蓄隽永。

评解

这首词写得婉约情深，代表了李清照南渡后词作的艺术风格。早春时节，风柔日薄，天气晴和，人们度过严冬，春衫乍试。词人直用赋法，言此时心情之好。下两句忽作转折。早春乍暖还寒，小睡起来，微寒侵肤妆犹残，暗示意绪不佳。下片发出“故乡何处”的悲呼。最后两句，构思极其巧妙：不直接说愁，说思乡，而说酒，说熏香，其乡思之凄苦，尽于言外可见。此词在感情的抒发上，由平缓细流而渐趋沉厚奔涌。词人欲说还休的思乡情绪，通过情景交融的日常生活画面和明白如话的语言，深刻有力地传达出来。

渔家傲

天接云涛连晓雾，星河欲转千帆舞。
仿佛梦魂归帝所，闻天语，殷勤问我归何处。

我报路长嗟日暮，学诗谩有惊人句。
九万里风鹏正举，风休住，蓬舟吹取三山去。

【题解】

王之道《渔家傲》：“绝唱新歌仍敏妙，声窈窕，行云初遏渔家傲。”由此来看，这个词牌，在词仍能演唱的年代，它的声情是嘹亮高亢的。此词气势豪迈壮阔，正与曲调声情相合。这首词在黄昇的《花庵词选》中题作“记梦”。按题所示，这是一首记梦词，实际上也是一首游仙词。从词的内容情调来看，应是南渡以后的作品。一般来说，李清照南渡以后，多写愁苦寂寞之思，而这一首却是例外，全是梦境幻语，充满了神异浪漫的奇思壮彩，是婉约词宗李清照的另类作品。

渔家傲（天接云涛连晓雾） 词意图　汪国新 绘

句解

天接云涛连晓雾，星河欲转千帆舞

词一起笔便直赋梦境仙界，但见云影星光，奇变丽幻，令人目眩神摇。那是夜色将尽的黎明时分，云涛翻滚，晨雾迷蒙，天地之间一片苍茫景象。忽又云开雾散，星河灿烂，宛若千帆飞舞其中。“星河”，即天河。天河转位，季节和时间也随之更迭和推移。

起句苍茫劲健，展现出一幅辽阔、壮美的图卷。读之仿佛身浮天穹，扬帆天际，在银河之中寻觅理想之境。其中又准确地嵌入几个动词，绘景如活，动态俨然。“舞”字化静为动，变平凡为神奇，既出色地描绘了繁星在天空好像帆船一样闪烁流驶，也传达了词人意绪的昂奋飞动。

仿佛梦魂归帝所，闻天语，殷勤问我归何处

在迷离恍惚之间，词人梦魂飞越茫茫星空，不知不觉间来到了天帝的宫殿。她听到天帝关切地问自己：你要回到哪里去？

“帝所”，天帝所居的宫殿。一腔心事，人间竟无可诉说者。惟有魂飞九霄之外，诉诸想象中的天帝。用一“归”字，倍见亲切，无形中缩短了仙凡之间不可逾越的距离，就好像词人本是仙子降凡，只是由于不堪人世，才又重返天庭仙界。“归何处”这一发问，恰似一石投水，激起词人心底层层波澜：是啊，自茫茫人间，辗转天庭，一路辛苦茫然，我究竟要到哪里去呢？心路历程之渺茫曲折，由此可见。

我报路长嗟日暮，学诗谩有惊人句

下片紧承上文，以“我报”二字领起，通过回答天帝的询问，倾诉愤懑，抒发豪情。“路长日暮”，化用屈原《离骚》诗意：“欲少留此灵琐兮，日忽忽其将暮……路漫漫其修远兮，吾将上下而求索。”这里，“路长”，谓人生之路漫长修远；“日暮”，以夕阳西下喻人至暮年。在漫长的人生道路上，虽然努力上下求索，终少收效；而时不我待，人已临暮年，岂不令人悲叹！这里着一“嗟”字，生动地表现出她那彷徨忧虑的神态。

清照诗词并工，才华卓著，“直欲压倒须眉”。自谓学诗“有惊人句”，对于自己的文章才华，不无自负自豪之意。但冠一“谩”字，又见否定。“谩有”，空有之意。清照后期坎坷不断，历经国破家亡之痛，曾经美好的理想已经成空，在现实中常感到无奈与无助，拥有出众的才华又能如何？此句真实地表达了词人

内心深处的迷茫沧桑之情，流露出对现实的强烈不满。

九万里风鹏正举，风休住，蓬舟吹取三山去

然而出人意料的是，词情并未就此消沉，“九万里风鹏正举”一句又振起全局，使人精神为之一振。《庄子·逍遥游》中有：“鹏之背，不知其几千里也。怒而飞，其翼若垂天之云……鹏之徙于南溟也，水击三千里，抟扶摇而上者九万里。”大鹏乘风展翅，扶摇直上，背负青天，志在万里。“蓬舟”，谓轻如蓬草的小舟，极言所乘之舟的轻快。“三山”，指渤海中蓬莱、方丈、瀛洲三座仙山，相传为仙人所居，可望而见，但乘船前去，临近时即被风引开，终于无人能到。词人翻旧典出新意，欲借鹏抟九天的风力，吹到三山，胆气之豪，境界之高，词中罕见。

词人借此抒发情怀，她要像大鹏那样高飞远举，超越尘世，驾一叶扁舟，乘风破浪，直飞向海外仙山，这才是心灵的最后皈依。上片写天帝询问词人归于何处，此处即交代归宿。那样的地方，应该没有离乱，没有孤凄，没有痛苦。此句全是缥缈幻语，但警峭劲拔，语势迅疾飘忽，使人神游物外。

评解

清照历来被视为婉约词宗，此词却意境壮阔，风格豪迈，迷离恍惚，充满神奇浪漫的色彩，抒发了对于自由仙境的热烈渴求。起首两句写云天星空，千帆舞动，渲染出神话般的色彩和奇幻氛围。接下来以记梦游仙为线索，通过奇异的仙凡对话来抒情述志，从而集中笔墨，展现题旨。不仅如此，词人还善于化用前人的诗文，以增强词作的广度和深度，如“路长日暮”脱胎于《离骚》，重在正面取意，做到以少胜多，言简意赅。“惊人句”本自杜诗，但用“谩有”将诗意深入一层。“九万里风鹏正举”，则主要借取《庄子》形象，以喻腾飞之志。宋词通常以儿女风月为主，较少记梦游仙之作，此词确为罕见特绝之作。

永遇乐

落日熔金，暮云合璧，人在何处？
染柳烟浓，吹梅笛怨，春意知几许！
元宵佳节，融和天气，次第岂无风雨？
来相召，香车宝马，谢他酒朋诗侣。

中州盛日，闺门多暇，记得偏重三五。
铺翠冠儿，捻金雪柳，簇带争济楚。
如今憔悴，风鬟雾鬓，怕见夜间出去。
不如向、帘儿底下，听人笑语。

【题解】

这首词是词人晚年流寓临安（今浙江杭州）时某一年元宵节所写，是李清照晚期词作的名篇之一。词人通过元宵节的所见所感，结合故国之思和沦落之悲，从今昔的对比中见出盛衰之感，写得苍凉沉郁，感人至深。宋末刘辰翁曾和此词，小序云：“余自乙亥上元，诵李易安《永遇乐》，为之涕下。今三年矣。每闻此词，辄不自堪。”可见此词感染力之强。

永遇乐（落日熔金）词意图　高民生 绘

在宋代，元宵节是盛大的节日。这一天，不仅家家灯火，处处管弦，男女老少还要穿戴得光鲜漂亮，头戴各种应景的首饰，出门游赏。北宋亡后，南宋小朝廷偏安一隅，依旧是追欢逐乐，歌舞升平，在临安仍继续着元宵夜狂欢的传统。在这众人同乐的一天，词人却郁郁寡欢，情怀凄苦，后写下此词。

句解

落日熔金，暮云合璧，人在何处

起句即呈现出美妙的节日晚晴景象：灿烂的落日，金光熠熠，仿佛黄金熔化了一样放射出异样的光辉；那傍晚的云朵，连成一片，好像块块白玉互相堆砌在一起。这正是欢度节日的好时光。但紧接着一句“人在何处”，却宕开去，是一声充满迷惘与痛苦的长叹。这里包含着词人由今而昔、又由昔而今的意念活动。

这里的“人”字，注家或以为是词人死去的丈夫，因“每逢佳节倍思亲”，避难临安、寡居无依的词人，在元宵节想起丈夫在世时的欢聚情景，似在情理之中。但从全篇布局来看，词人意在今昔之对比，此“人”指词人自己更有余味。分明身在临安，却明知故问，反衬出她流落异乡、孤独寂寞的境遇和心情。

染柳烟浓，吹梅笛怨，春意知几许

接下来，词人从视觉和听觉进一步渲染了她所处环境的愁苦、萧条气氛：大地的柳林被朦胧烟雾涂染成一片浓郁的颜色，远处的笛子正吹出《梅花落》的幽怨之声。色彩是阴暗的，声调是悲凉的。在词人看来，这初春佳节的气氛，还能表现出多少春意呢？欢快的节日景象与令人忧虑的不安现实，恰成鲜明的对比。

元宵节时，天气乍暖还寒，柳叶刚刚出芽，略呈淡黄色，但由于烟雾的渲染，柳色似也很深，故曰“染柳烟浓”。笛谱有《梅花落》曲，梅花凌冬开放，此时当已开始凋谢，故曰“吹梅笛怨”。接以“春意知几许”，是说春意尚浅。“几许”是不定之词，具体运用时，意常侧重于少。

元宵佳节，融和天气，次第岂无风雨

在这欢快的元宵节日里，又是暖融温和的天气，应该尽情地欢乐吧。词人却又突作转折，写出隐隐不安：虽然现在晴好，这天气阴晴难料，难道转眼之间就不会刮风下雨吗？“次第”，在这里是转眼的意思。这里的“风雨”，不一

定专指自然界的风雨，因为词人并不真正担心元宵佳节会刮风下雨，它实隐指了世道的艰险和人生的坎坷，所谓“天有不测风云”，这显然是一个暗喻。这反映出词人在历经世道的艰难和人生沧桑之后，对于一切都感到变幻难测的特殊心境。

来相召，香车宝马，谢他酒朋诗侣

词人的晚景虽然凄凉，但由于她的才名家世，临安城中还是有一些人乘着香车宝马前来邀她饮酒作诗，出门游赏。只因心绪落寞，她都婉言推辞了。这几句看似平淡，却恰好透露出词人饱经忧患后近乎漠然的心理状态。“香车宝马”，形容车驾的华美。“谢”，谢绝之意。

中州盛日，闺门多暇，记得偏重三五

这里，词由上片的写今转为忆昔。“中州”，今河南省开封市，这里是以中州代指汴京。“三五”，原指望日，这里指农历正月十五日夜，即元宵节。遥想汴京沦陷以前的繁盛时代，自己有的是闲暇游乐的时间，而那时最看重的是元宵佳节。

铺翠冠儿，捻金雪柳，簇带争济楚

那时候，一到隆重的元宵节，我们都可以无拘无束地外出观灯赏景，大家戴着翡翠羽毛的帽子，头上插着用金线编织的绢花首饰，个个妆扮得光鲜美丽。“铺”，嵌镶。“翠”，指翡翠鸟的羽毛。“冠儿”，即冠子，一种女式帽。“捻金雪柳”，一种妇女头饰，形制不详。“簇带”，插戴或装饰。“济楚”，漂亮之貌。

这几句集中写当年的着意穿戴打扮，既切合青春少女的特点，充分体现那时候无忧无虑的游赏兴致，同时也从侧面反映了汴京的繁华热闹。

如今憔悴，风鬟雾鬓，怕见夜间出去

但是，昔日的繁华欢乐早已成为不可追寻的幻梦，历尽国破家倾、夫亡亲逝之痛，词人觉得自己早已由风华正茂的少女变为形容憔悴、蓬头散发的老妇，对外面的热闹繁华提不起兴致，懒得夜间出去。“风鬟雾鬓”，形容头发如在风中一般蓬松散乱，如在雾中一样失去光泽。

“盛日”与“如今”两种迥然不同的心境，从侧面反映了金兵南下前后两个截然不同的时代和词人迥然的生活境遇，以及它们在词人心灵上投下的巨大阴影。繁华散尽，斯人憔悴，触目伤怀，情何以堪？于是“怕见夜间出去”。

不如向、帘儿底下，听人笑语

不如悄悄躲在这帘儿下面，听听他人的欢声笑语，暂且度过这漫长的节日之夜罢了。这一句又横生波澜，词人一方面担心面对元宵胜景会触动今昔盛衰之慨，加深内心的痛苦；另一方面却又怀恋着往昔的元宵盛况，想在观赏今夕的繁华中重温旧梦，给沉重的心灵一点慰藉。这种矛盾心理，看来似乎透露出她对生活还有所追恋和向往，但骨子里却蕴含着无限的孤寂悲凉。面对现实的繁华热闹，她却只能在隔帘笑语声中聊温旧梦，这是何等的悲凉！

这最后两句收语，写得极其沉痛，不仅见出今昔盛衰之感，还有人我苦乐之别。

评解

此词主要叙写了词人晚年在元宵节的所见所感。上片写元宵佳节的情景，夕阳灿烂，晚云瑰丽，然而此身何处？一声追问，蕴含多少欲说还休之哀痛。可惜融和天气，独自忧愁风雨，连酒朋诗侣的邀请也觉兴味索然。下片从今昔对比中见出盛衰之感和沉痛悲苦的心情。追忆往事，当年汴京佳节，盛妆出游，如今繁华旧事已随流水，一盛一衰，怎能不令人哀叹。

虽写元夕，却一反祝颂欢乐之词，以委婉细腻的个人体验写出了南渡前后元宵节心境的巨大变化，深沉地反映了词人晚年历尽沧桑之后的悲凉心境。虽言身边琐事，悲叹个人遭际，但其蕴含的故国情思，其意义早已超越了个人身世之感。全词情景交融，由今而昔，又由昔而今，跌宕有致，形成丽景哀情和今昔盛衰的鲜明对比。感情深沉真挚，语言于朴素中见清新，平淡中见工致，浅显平易的口语与锤炼工致的书面语交错融合，于短幅之中见出无数曲折，确为大家气象。